安岚精选

宋词集

江城子·乙卯正月二十日夜记梦

[宋]苏轼

十年生死两茫茫，不思量，自难忘。
千里孤坟，无处话凄凉。
纵使相逢应不识，尘满面，鬓如霜。

夜来幽梦忽还乡，小轩窗，正梳妆。
相顾无言，惟有泪千行。
料得年年肠断处，明月夜，短松冈。

蝶恋花 · 春景

[宋] 苏轼

花褪残红青杏小。

燕子飞时,绿水人家绕。

枝上柳绵吹又少,

天涯何处无芳草?

墙里秋千墙外道。

墙外行人,墙里佳人笑。

笑渐不闻声渐悄,

多情却被无情恼。

水调歌头 · 昵昵儿女语

[宋] 苏轼

欧阳文忠公尝问余:"琴诗何者最善?"答以退之听颖师琴诗最善。公曰:"此诗最奇丽,然非听琴,乃听琵琶也。"余深然之。建安章质夫家善琵琶者,乞为歌词。余久不作,特取退之词,稍加櫽栝,使就声律,以遗之云。

昵昵儿女语,灯火夜微明。恩怨尔汝来去,弹指泪和声。忽变轩昂勇士,一鼓填然作气,千里不留行。回首暮云远,飞絮搅青冥。

众禽里,真彩凤,独不鸣。跻攀寸步千险,一落百寻轻。烦子指间风雨。置我肠中冰炭,起坐不能平。推手从归去,无泪与君倾。

江城子 · 密州出猎

［宋］苏轼

老夫聊发少年狂，左牵黄，右擎苍，
锦帽貂裘，千骑卷平冈。
为报倾城随太守，亲射虎，看孙郎。

酒酣胸胆尚开张，鬓微霜，又何妨！
持节云中，何日遣冯唐？
会挽雕弓如满月，西北望，射天狼。

念奴娇 · 赤壁怀古

［宋］苏轼

大江东去,浪淘尽,千古风流人物。
故垒西边,人道是,三国周郎赤壁。
乱石穿空,惊涛拍岸,卷起千堆雪。
江山如画,一时多少豪杰。

遥想公瑾当年,小乔初嫁了,雄姿英发。
羽扇纶巾,谈笑间,樯橹灰飞烟灭。
故国神游,多情应笑我,早生华发。
人生如梦,一樽还酹江月。

望江南 · 超然台作

[宋]苏轼

春未老,风细柳斜斜。

试上超然台上望,

半壕春水一城花。烟雨暗千家。

寒食后,酒醒却咨嗟。

休对故人思故国,且将新火试新茶。

诗酒趁年华。

水调歌头·明月几时有

[宋] 苏轼

丙辰中秋,欢饮达旦,大醉,作此篇,兼怀子由。

明月几时有?把酒问青天。

不知天上宫阙,今夕是何年。

我欲乘风归去,又恐琼楼玉宇,高处不胜寒。

起舞弄清影,何似在人间。

转朱阁,低绮户,照无眠。

不应有恨,何事长向别时圆?

人有悲欢离合,月有阴晴圆缺,此事古难全。

但愿人长久,千里共婵娟。

青玉案·元夕

[宋]辛弃疾

东风夜放花千树,
更吹落,星如雨。
宝马雕车香满路。
凤箫声动,玉壶光转,一夜鱼龙舞。

蛾儿雪柳黄金缕,
笑语盈盈暗香去。
众里寻他千百度,
蓦然回首,那人却在,灯火阑珊处。

破阵子·为陈同甫赋壮词以寄之

［宋］辛弃疾

醉里挑灯看剑，梦回吹角连营。

八百里分麾下炙，五十弦翻塞外声，沙场秋点兵。

马作的卢飞快，弓如霹雳弦惊。

了却君王天下事，赢得生前身后名。

可怜白发生！

南乡子·登京口北固亭有怀

［宋］辛弃疾

何处望神州？满眼风光北固楼。

千古兴亡多少事？

悠悠。

不尽长江滚滚流。

年少万兜鍪，坐断东南战未休。

天下英雄谁敌手？

曹刘。

生子当如孙仲谋。

丑奴儿·书博山道中壁

[宋] 辛弃疾

少年不识愁滋味,爱上层楼。

爱上层楼,为赋新词强说愁。

而今识尽愁滋味,欲说还休。

欲说还休,却道天凉好个秋。

苏幕遮·碧云天

[宋] 范仲淹

碧云天，黄叶地，秋色连波，波上寒烟翠。

山映斜阳天接水，芳草无情，更在斜阳外。

黯乡魂，追旅思，夜夜除非，好梦留人睡。

明月楼高休独倚，酒入愁肠，化作相思泪。

渔家傲 · 秋思

[宋]范仲淹

塞下秋来风景异,衡阳雁去无留意。

四面边声连角起。

千嶂里,长烟落日孤城闭。

浊酒一杯家万里,燕然未勒归无计。

羌管悠悠霜满地。

人不寐,将军白发征夫泪。

满江红·写怀

[宋] 岳飞

怒发冲冠,凭栏处、潇潇雨歇。

抬望眼、仰天长啸,壮怀激烈。

三十功名尘与土,八千里路云和月。

莫等闲、白了少年头,空悲切。

靖康耻,犹未雪。

臣子恨,何时灭。

驾长车,踏破贺兰山缺。

壮志饥餐胡虏肉,笑谈渴饮匈奴血。

待从头、收拾旧山河,朝天阙。

蝶恋花 · 庭院深深深几许

[宋] 欧阳修

庭院深深深几许,杨柳堆烟,帘幕无重数。

玉勒雕鞍游冶处,楼高不见章台路。

雨横风狂三月暮,门掩黄昏,无计留春住。

泪眼问花花不语,乱红飞过秋千去。

生查子 · 元夕

[宋]欧阳修

去年元夜时,花市灯如昼。
月上柳梢头,人约黄昏后。
今年元夜时,月与灯依旧。
不见去年人,泪湿春衫袖。

一剪梅·红藕香残玉簟秋

[宋]李清照

红藕香残玉簟秋。

轻解罗裳,独上兰舟。

云中谁寄锦书来,雁字回时,月满西楼。

花自飘零水自流。

一种相思,两处闲愁。

此情无计可消除,才下眉头,却上心头。

醉花阴·薄雾浓云愁永昼

[宋] 李清照

薄雾浓云愁永昼，瑞脑销金兽。

佳节又重阳，玉枕纱厨，半夜凉初透。

东篱把酒黄昏后，有暗香盈袖。

莫道不销魂，帘卷西风，人比黄花瘦。

南歌子 · 天上星河转

[宋] 李清照

天上星河转,人间帘幕垂。

凉生枕簟泪痕滋。

起解罗衣聊问、夜何其。

翠贴莲蓬小,金销藕叶稀。

旧时天气旧时衣。

只有情怀不似、旧家时。

满庭芳 · 山抹微云

[宋] 秦观

山抹微云,天连衰草,画角声断谯门。
暂停征棹,聊共引离尊。
多少蓬莱旧事,空回首、烟霭纷纷。
斜阳外,寒鸦万点,流水绕孤村。
销魂。当此际,香囊暗解,罗带轻分。
谩赢得、青楼薄幸名存。
此去何时见也,襟袖上、空惹啼痕。
伤情处,高城望断,灯火已黄昏。

浣溪沙·漠漠轻寒上小楼

[宋] 秦观

漠漠轻寒上小楼,晓阴无赖似穷秋,
淡烟流水画屏幽。
自在飞花轻似梦,无边丝雨细如愁。
宝帘闲挂小银钩。

少年游 · 长安古道马迟迟

[宋] 柳永

长安古道马迟迟,高柳乱蝉嘶。

夕阳鸟外,秋风原上,目断四天垂。

归云一去无踪迹,何处是前期?

狎兴生疏,酒徒萧索,不似少年时。

雨霖铃 · 寒蝉凄切

[宋] 柳永

寒蝉凄切,对长亭晚,骤雨初歇。

都门帐饮无绪,留恋处,兰舟催发。

执手相看泪眼,竟无语凝噎。

念去去,千里烟波,暮霭沉沉楚天阔。

多情自古伤离别,更那堪,冷落清秋节!

今宵酒醒何处?杨柳岸,晓风残月。

此去经年,应是良辰好景虚设。

便纵有千种风情,更与何人说?

鹧鸪天 · 吹破残烟入夜风

［宋］柳永

吹破残烟入夜风。一轩明月上帘栊。
因惊路远人还远,纵得心同寝未同。
情脉脉,意忡忡。碧云归去认无踪。
只应会向前生里,爱把鸳鸯两处笼。

采莲令·月华收

[宋] 柳永

月华收,云淡霜天曙。

西征客、此时情苦。

翠娥执手送临歧,轧轧开朱户。

千娇面、盈盈伫立,无言有泪,断肠争忍回顾。

一叶兰舟,便恁急桨凌波去。

贪行色、岂知离绪,万般方寸,但饮恨,脉脉同谁语。

更回首、重城不见,寒江天外,隐隐两三烟树。

木兰花 · 燕鸿过后莺归去

[宋] 晏殊

燕鸿过后莺归去,细算浮生千万绪。

长于春梦几多时?散似秋云无觅处。

闻琴解佩神仙侣,挽断罗衣留不住。

劝君莫作独醒人,烂醉花间应有数。

采桑子·时光只解催人老

[宋] 晏殊

时光只解催人老,
不信多情,长恨离亭,
泪滴春衫酒易醒。

梧桐昨夜西风急,
淡月胧明,好梦频惊,
何处高楼雁一声?

蝶恋花·槛菊愁烟兰泣露

[宋] 晏殊

槛菊愁烟兰泣露，罗幕轻寒，燕子双飞去。

明月不谙离恨苦，斜光到晓穿朱户。

昨夜西风凋碧树，独上高楼，望尽天涯路。

欲寄彩笺兼尺素，山长水阔知何处？

渡中江望石城泣下

[五代] 李煜

江南江北旧家乡,三十年来梦一场。

吴苑宫闱今冷落,广陵台殿已荒凉。

云笼远岫愁千片,雨打归舟泪万行。

兄弟四人三百口,不堪闲坐细思量。

虞美人·风回小院庭芜绿

[五代] 李煜

风回小院庭芜绿,柳眼春相续。
凭阑半日独无言,依旧竹声新月似当年。
笙歌未散尊罍在,池面冰初解。
烛明香暗画堂深,满鬓青霜残雪思难任。

安岚——著

图书在版编目（CIP）数据

笑侃诗词/安岚著.—哈尔滨：哈尔滨出版社，2021.5
ISBN 978-7-5484-5772-5

Ⅰ．①笑… Ⅱ．①安… Ⅲ．①宋词—通俗读物 Ⅳ．①I222.844

中国版本图书馆CIP数据核字（2020）第241439号

书　　名：	笑侃诗词
	XIAO KAN SHICI

作　　者：	安　岚　著
出版统筹：	朱　彤　黄晓春
责任编辑：	尉晓敏　李维娜
责任审校：	李　战
装帧设计：	象上品牌设计

出版发行：	哈尔滨出版社（Harbin Publishing House）
社　　址：	哈尔滨市香坊区泰山路82-9号　　邮编：150090
经　　销：	全国新华书店
印　　刷：	天津文林印务有限公司
网　　址：	www.hrbcbs.com　　　www.mifengniao.com
E-mail：	hrbcbs@yeah.net
编辑版权热线：	（0451）87900271　87900272
销售热线：	（0451）87900202　87900203

开　　本：	787mm×1092mm　　1/16　　印张：14　　字数：110千字
版　　次：	2021年5月第1版
印　　次：	2021年5月第1次印刷
书　　号：	ISBN 978-7-5484-5772-5
定　　价：	50.00元

凡购本社图书发现印装错误，请与本社印制部联系调换。　　服务热线：（0451）87900278

目录

**01 李清照
教你咋样撩情郎** | **001**

《减字木兰花·卖花担上》解析 / 004

**02 这对小夫妻到底
有多败家** | **017**

《一剪梅·红藕香残玉簟秋》解析 / 018

**03 被母亲生生拆散的
爱情** | **031**

陆游、唐婉《钗头凤》解析 / 034

**04 他一生渴望戎马
却至死未能如愿** | **047**

陆游《诉衷情·当年万里觅封侯》解析 / 048

目录

**05 这样揪心的爱情　　059
戳中你泪点没**
苏东坡《江城子·乙卯正月二十日夜记梦》
解析 / 062

06 千古兄弟情　　073
《狱中寄子由（其一）》解析 / 074

**07 这首词之后　　089
他成了国民男神**
苏东坡《临江仙·夜饮东坡醒复醉》解析 / 090

**08 人这辈子能有这样的　　103
朋友，死也值了**
秦观《江城子·南来飞燕北归鸿》解析 / 106

**09 异地恋闹分手就是　　117
找借口**
秦观《鹊桥仙·纤云弄巧》解析 / 118

10 我命由我不由天！　　129
范仲淹《渔家傲·秋思》解析 / 132

contents

11 狂浪少年的拧巴人生 　　145
柳永《蝶恋花·伫倚危楼风细细》解析 / 148

12 大宋娱乐圈教父级人物是他 　　161
柳永《雨霖铃·寒蝉凄切》解析 / 162

13 千年心灵鸡汤、打不死的小强代表人物 　　173
辛弃疾《破阵子·为陈同甫赋壮词以寄之》解析 / 176

14 他是怎么把一个国家干黄的 　　187
李煜《破阵子·四十年来家国》解析 / 190

15 作个才人真绝代可怜薄命为君王 　　203
李煜《虞美人·春花秋月何时了》解析 / 204

01

李清照
教你咋样撩情郎

李清照

李清照（1084年3月13日—1155年5月12日），号易安居士，宋代女词人，婉约词派代表，有"千古第一才女"之称。

李清照出生于书香门第，早期生活优裕，其父李格非藏书甚富，她小时候就在良好的家庭环境中打下文学基础。出嫁后与丈夫赵明诚共同致力于书画金石的搜集整理。金兵入据中原时，流寓南方，境遇孤苦。所作词，前期多写其悠闲生活，后期多悲叹身世，情调感伤。

笑侃诗词

李清照教你咋样撩情郎

《减字木兰花·卖花担上》解析

减字木兰花·卖花担上

卖花担上，买得一枝春欲放。

泪染轻匀，犹带彤霞晓露痕。

怕郎猜道，奴面不如花面好。

云鬓斜簪，徒要教郎比并看。

人美路子野，才华惊天地的李清照在婚恋市场上叫好不叫座，因为一般人根本 hold 不住她，没人敢娶。

宋代是不赞成女人读书的，认为三从四德才是女孩子该有的范式，可李清照她老爸却教她饱读诗书，博古通今。

教育的力量在于点亮人生，李爸不拘一格的教育方式成功点亮女儿。别人家的女儿大门不出二门不迈，她不是。跑出去赌马，喝小酒，不醉不归。不仅喝到"沉醉不知归路，误入藕花深处"，还把这糗事写出来，让全天下人都知道。整个一个问题少女小太妹。

然而，她的李爸非但不管，还说，"人不荒唐枉少年"。这样开明、宽松的原生家庭培养出来的李清照与众不同，文采飞扬，生动有趣，具

笑侃诗词

一

有独特的先锋精神。现在老说这个名媛,那个名媛,你听了礼貌性点头就可以了,人家李清照才是名副其实的名媛,甩其他小姐姐几条街。人家十四五岁就自带声光电C位出道,提笔为词,举世惊艳,好听到让人耳朵怀孕。压制人性的传统教育,怎么可能培养出这样灵动、活色生香的女子?这还得感谢孩儿他爹。

有一天,集才华、美貌于一身的李清照出来"炸街",被人流中最靓的仔,京城名少赵明诚瞧见了,看到李清照,这公子眼睛就直了。惊为天人啊!那吸引力是致命的。"只是因为在人群中多看了你一眼",

这一眼，便是一辈子。隔天他就以送快递的名义跑人家老李家串门儿去了，和正在荡秋千的李清照确认过眼神之后撒丫子就往家跑。"爹，爹，我确认过了，李格非之女李清照就是个仙女，我非他不娶。"

赵李两家，同时在朝为官，政见相悖，分属新、旧两党不同的死掐阵营。但儿女婚事，他们表现出了深明大义，孩子的事儿，只要他们自己喜欢，我们举双手双脚支持。但赵爸提醒儿子，"儿砸，咱不是她对手啊，娶了她，你可能一辈子都被人叫'李清照的老公''词女之夫'了"。赵明诚脱口而出"我愿意"。

于是 18 岁的傲娇小才女，与 21 岁的宝藏粉丝男喜结连理。"一物降一物"，无人能驾驭得了的李清照，偏偏对这个憨憨的赵公子也情有独钟。

是时候表演真正的技术了！婚后，赌马小能手李清照，发明了一个游戏——"赌书"，几大柜子的书啊，我说上句，你得能对出下句，你说出哪句我得能说出在哪一卷、哪一页、哪一行。答对了的可以喝茶，答错了对不起，不仅没茶喝，还得认罚。赵明诚胸有成竹，"看哥的！"结果，每次都给李清照抢先。他这是娶个啥回来呀！中国最强大脑啊？李清照看赵明诚抓耳挠腮的样子笑得直扑腾，不仅自己造了个水饱，还

把茶泼了满身。这就是有名的"赌书消得泼茶香"。

好玩吗？旁人看着好无聊啊。但在相爱的人那里就那么好玩，就那么好笑。他们还乐此不疲。只羡鸳鸯不羡仙，这就是嫁给爱情的样子。刻骨铭心的爱情不是乍见之欢，而是久处不厌。赵明诚越来越发现自己离不开这个能作、爱出幺蛾子的小女人了。好看的皮囊千篇一律，有趣的灵魂万里挑一。赵明诚觉得自己怎么那么幸运，把这个有趣的灵魂娶回了家。不得不说，写词，李清照技压群雄，撩情郎，李清照也是女中豪杰，这对神仙眷侣，不仅活在诗书里，也活出了人间烟火气。他们把粗糙的生活过成诗一样的日子。

我们很多女性在婚姻中拿捏不好火候，要么刻板无趣，要么就上房揭瓦，不太善于经营夫妻之间的亲密关系。古代高段位女子都咋样经营夫妻关系？咋样撒娇撩情郎？看看千年前的照姐，真是长见识！古人浪漫起来，还真是没我们现代人什么事了。

生活需要仪式感，撒娇是门技术活。你以为嘟嘴卖萌，拧不开瓶盖就是撒娇了？你以为撒娇是我们现代人发明创造的吗？错，那太小儿科啦！在那个封建礼数多如牛毛的时代，撒娇鼻祖李清照可谓做尽了艺高人胆大的事。她敲黑板，划圈圈，示范教科书级的撒大娇，让那些别枪别炮、油盐不进的钢铁女侠们都开了窍。很多人没有体验过撒娇的好处。二婶儿告诉你，不管两夫妻怎么闹别扭，只要一方示弱撒娇，另一方准会就坡下驴，缴械投降。到头来示弱撒娇方完胜，这叫低成本占领阵地。

李清照和赵明诚这对CP，典型女强男弱组合。但高颜值、高才华、

一

　　高人气的照姐,并没有仗着自己有三高就作妖!她用自己的知性、洒脱、本真,告诉老公赵明诚:"不装了,额就耐你,摊牌了!"千年照姐不愧为"撒娇一姐",业务能力实在强大!什么叫静若处子,动若脱兔;什么叫飒爽英姿美炸天;什么叫腹有诗书,风情万种,看看我千年照姐,你就全懂了!

　　一大清早,有人走巷串街,挑担卖花。李清照那时候也没什么钱,但再节俭,一枝花,你买不了吃亏,也买不了上当,生活需要仪式感。于是,她买了一支带露的含苞待放的花,斜斜地插在头上。然后考老公

一道单选题,"是我好看还是花好看?"光天化日之下开始撩情郎。然后铺纸研墨,唰唰唰,写出这首千古第一撒大娇好词:

减字木兰花·卖花担上

卖花担上,买得一枝春欲放。

泪染轻匀,犹带彤霞晓露痕。

怕郎猜道,奴面不如花面好。

云鬓斜簪,徒要教郎比并看。

人家没说买了一枝花,人家说的是"买得一支春欲放"。你说是写景,还是写她自己?拍案叫绝吧!这就是教科书级的撒大娇。满首词,没一个字说爱,但你却感觉到每个字都充盈着爱。俏皮、灵动、热辣、有趣的小媳妇形象跃然纸上。

高段位斩男!没有矫揉造作,没有拗口酸腐,你发现她的所有东西都来源于生活,却都高于生活。接地气不代表格调不高,读了你会唇齿留香,浑身得劲儿。什么是一个女人的性感?那些傻白甜、绿茶婊、珠光宝气小金表在这样的女人面前真是弱爆了,索然无味儿。

众所周知,男女这两个物种的大脑回路是不一样的,好就好在赵明诚还不算一个钢铁直男,他见惯了李清照的幺蛾子,所以他没被吓得一激灵:"这是什么鬼?人咋能跟花比?你净瞎扯!"他的高明就在于能get到老婆那个点,读得懂老婆所有的风情万种。他们的爱情在作品

中获得了永生，被奉为经典。留给世人的是"这世间，我们曾来过，我们曾深爱过"。

照姐和诚哥在诗词中谈了一辈子恋爱，后人就吃了近一千年狗粮。他们的爱情告诉我们一个道理，那就是：在男女关系中，"段位"高的女人，会让男人爱之入骨，你要想办法教他读懂你的风情万种，你才会在他心中价值连城。

"书中自有颜如玉，书中自有黄金屋"，这不是宋真宗为劝读给大家画的一张饼，腹有诗书还真会让你的爱情充满节奏感。那些读过的书，会长成你的精神、血肉，内化成你的气质，让你遇到相似的灵魂。有人说，看完古人的爱情，感觉自己就白活了。别啊，人比人还得活着，货比货还得留着。照姐领进门，修行在个人。照姐都穿越千年来给咱们现

场示范了,真为咱们操碎了心哪!所以我们更要相信爱情,人间值得!

生活中总会有一些人,当我们都沉浸在陆游和唐婉"错错错""莫莫莫"的揪心悲剧时,他来一句,陆游就是个渣男,甩了人家唐婉还去撩;说到苏轼和王弗的"十年生死两茫茫",他会说,苏轼后来还不是一娶再娶,就是个花心大萝卜;说到李清照和赵明诚的"倚门回首,却把青梅嗅"时,他马上说,"至今思项羽,不肯过江东"。他永远在人家沉浸于美好时,在人家伤口上撒盐。在我们都惊喜孔雀开屏真美时,突然有人告诉你,其实孔雀开屏时露出来的PP很丑很脏。你有没有想胖揍他一顿的冲动啊?如果你只有苏东坡"一肚子的不合时宜",却不能读懂他的"一点浩然气,千里快哉风。"那你的人生就是个半桶水。

大圣，听我一句劝，人生苦短啊。如果没有一双善于发现美好的眼睛，人生真的会苦不堪言。遇到这样的朋友，我很想去抱抱他，即使帮不上什么忙，我都想告诉他：黑夜给了我们黑色的眼睛，我们是要用它来寻找光明！

02

这对小夫妻到底有多败家

李清照

这对小夫妻到底有多败家

《一剪梅·红藕香残玉簟秋》解析

一剪梅·红藕香残玉簟秋

红藕香残玉簟秋。轻解罗裳,独上兰舟。

云中谁寄锦书来?雁字回时,月满西楼。

花自飘零水自流。一种相思,两处闲愁。

此情无计可消除。才下眉头,却上心头。

历史上有名的"剁手党"夫妻是哪一对?当属赵明诚、李清照。俩人那是合起伙来败家啊。但他们的此"败家"非彼"败家"。跟有些人"双十一"疯狂剁手囤货不一样,人家的买买买是有文化使命与历史责任的。很多历史文献和重要历史事件的蛛丝马迹,就藏在这些看起来破破烂烂的古旧书籍、金属文物和石刻碑文里。他们希望尽一己之力,最大限度做好文物的保护与抢救。然后有朝一日,把这些东西全部整理出来。我们神会一位千年前的诗人,了解一段千年前的历史,靠什么?靠穿越吗?靠的就是前人记录下来的这些宝贵文献和出土的这些文物。所以,不是一家人不进一家门,你看人家这两口子,近一千年前就有这超前意识。人的行为一旦注入大义,便会变得高尚。此刻,二婶儿默默

地为他们竖起了大拇哥！

　　李清照嫁给京城名少赵明诚，当时很多人不理解。古代婚姻，更多的是利益联盟。赵李两家虽都在朝为官，却政见不一，分属两个阵营。说白了，不是一伙的。所谓道不同不相为谋，这利益上的强强联合就泡汤了。李清照，小小年纪名动京师。这丫头要家世有家世，要才华有才华，要模样有模样，堪称名媛中的名媛。赵明诚虽是个青年才俊，但毕竟是个未知数的彩票，有朝一日刮开到底咋样，还是个谜。所以，她不该就这么随便把自己打发了，应该嫁太子，那才是真正的豪门。但照姐说得好，嫁啥太子？嫁啥豪门？姐就是豪门中的豪门。天空蓝不蓝只有云知道，鞋子合不合穿只有脚知道。赵公子我们俩郎有情来妹有意，就他了！这世界上有一种爱叫作我爱你，我咋瞅你咋好。

赵明诚打小有个爱好，喜欢搜集过去那些金石文物、名人字画。然后他还有个心愿，撰写一部《金石录》，把这些文物能拓的就拓下来，能记录的就记录下来。把这些文化瑰宝的来龙去脉、前世今生都整理成文集，让经典永流传。然后自己顺便成为一个文物研究的集大成者。这文物抢救意识，可太有远见性了！但你要知道，这么年轻，整天花钱摆弄那些玩意，既不能当吃当喝，也不能考取功名，在正经过日子人眼里，这就属于败家、不着调、玩物丧志。

一

但李清照是见过大阵仗的。她爹李格非是苏东坡的弟子,你看人家的朋友圈,见天都是些什么人跑她家来参加文化沙龙的!一水的京城顶流文人骚客!照姐打小是在京城顶级文化人圈里泡大的。所以她对文化传承的认识高度肯定是不一样的。绝对不会"听风就是风,听雨就是雨"地对老公冷嘲热讽。她知道,"子非鱼,安知鱼之乐?"人按照自己心中热爱去生活,就是生活的甲方。

很多人在婚姻中都希望对方活成自己理想的样子。所以费劲巴力地找到这个人以后,又费劲巴力地想去改变他,绕这么大个弯子,累不累呀!

赵明诚喜欢收藏,在照姐这里不需要理由,不需要顾虑。他的心思,照姐秒懂!因为懂得,所以慈悲。不仅慈悲,还特别欣赏和支持。照姐觉得自己老公太有文化底蕴了!那做事一根筋的劲儿太迷人了!爱情向来是一个让人无法琢磨的东西。赵明诚在内心世界丰富、精神境界充盈的照姐眼里"春风十里不如你"。

事业就是男人的一剂猛药。如果你心心念念的人跟你说我非你不嫁,然后还力排众议全然地去支持你的事业,你说这是什么感觉?惊不惊喜,意不意外!情人眼里出西施,所以赵明诚成为宠妻狂魔那是必然。李清照在赵明诚眼里那简直太漂亮了。这大概就是大家伙儿经常唱的"你在我眼中是最美,只有相爱的人才能体会……"

黄金万两易得,知己一人难求。这对神仙眷侣,真是打着灯笼也难找了。人家俩人觉得好,外人也就少跟着掺和吧!所以今天咱要说一下《论婚姻当中找对人的重要性》。

两个人情投意合,如胶似漆。美中不足是赵明诚在外地做个小官吏,不能带家眷。一个月赵明诚才能回来跟李清照团聚一次。可想而知我们的照姐每天在家是多么思念丈夫,天天跟老公鸿雁传书。

这首《一剪梅·红藕香残玉簟秋》就这么诞生了。

一剪梅·红藕香残玉簟秋

红藕香残玉簟秋,轻解罗裳,独上兰舟。

云中谁寄锦书来?雁字回时,月满西楼。

花自飘零水自流。一种相思,两处闲愁。

此情无计可消除。才下眉头,却上心头。

千百年来,写相思的词可以说浩如烟海,照姐的这首却能脱颖而出,看这身手,就知道人家这婉约派扛把子地位不是吹出来的。说它是千古名作,一点不用谦虚。"轻解罗裳,独上兰舟……一种相思,两处闲愁……才下眉头,却上心头"既是对偶句,又声韵和谐。内容浅白似大白话,人人能懂,但意境之美好却让人意犹未尽。铸词高手,就是这么轻描淡写不着痕迹，把人心拿捏得死死的。除了读了朗朗上口让人两颊留香外，还会勾起你的八卦心，后来呢？后来这对 CP 咋样了？

后来俩人就彻底变成俩二货呗！最开心的事情就是一起去逛旧货市场。这个时候赵明诚"京城第一玩家"的感觉有点"小荷露出尖尖角了"。行家一出手，就知有没有。赵明诚在文物鉴定上稳、准、狠！眼光毒得很！看到称心的东东，毫无抵抗力。嘴上叨叨着机不可失，失不再来，但实力不允许呀。于是拿起来，放回去，放回去，拿起来，爱不释手。当心心念念的物件就在你面前，你能无动于衷让它在你眼前随便溜走吗？坚决不允许啊！

笑侃诗词

　　这个时候，你发现老婆真是一个神奇的物种，看热闹不嫌事大。照姐心有猛虎细嗅蔷薇。她知道老公的心思。在边上催"赶紧的吧！有钱难买心头好，有钱难买我愿意！再不疯狂我们就老啦"这不差钱儿的气势，咱说你家是有矿啊，还是咋滴？"娘子英明高见！句句说到我心里！"看这败家劲，俩人儿确实是登对。看懂啥叫高逼格秀恩爱了吧。

　　俩人把文物搜罗回来，一起整理，鉴赏，考订。他们发誓要收尽天下古文奇字，决不将自己的所藏脱手他人以取厚利。理想很丰满，现实很骨感。这一对小夫妻虽是官宦子弟，但因赵、李两家都算是清廉之官，所以，也没什么积蓄。赵明诚一个芝麻小官，收入微薄，日子过得紧紧巴巴。他们呢，就把家里钱一半用来买柴米油盐，另一半就去买金石碑文，钱不够，李清照就把娘家陪嫁来的金银细软全部卖掉！那也是杯水车薪。俩二货就想出馊主意，夏天就把冬天的衣服去当铺当掉，冬天去把夏天的衣服当掉，换些散银，然后俩人又去逛旧货市场啦。消费真是爽，一直消费一直爽！虽然囊中羞涩，不代表咱抠里抠搜！遇到难得之货，剁手也要买！买！买！冲动消费是病，但为什么要治？！买回来的不仅仅是心爱之物，更是生活中的小确幸。跟有情人做快乐的事，不管是劫是缘，都心甘情愿。最有品味的败家，我只服诚、照二位大侠！情趣相投的人幸福指数是极高的，俩人在精神上高度契合。他们既是两个独立的生命，在各自的领域发着耀眼的光，又相互依存。"根，紧握在地下；叶，相触在云里。"橡树与木棉的爱情，是妙不可言的缘分。

幸福的婚姻真的不在于是否锦衣玉食。他们宁愿饭素衣简，也要去买最爱的文物！俩人穿着粗布衣，嚼得菜根香。一次，赵明诚得到白居易手迹，狂喜，放马赶回家。俩人啃着咸菜疙瘩就白开水开始欣赏，白天看不够，深夜点着油灯看，久久不愿入睡。痴迷一个人，痴迷一件事，会让人元气满满。

"我爱你，不光因为你的样子，还因为，和你在一起时，我的样子。我爱你，不光因为你为我而做的事，还因为，为了你，我能做成的事。"

李清照的人生跌宕起伏。前半生红尘潇潇洒洒，后半生命运坎坎坷坷。她与赵明诚少年时一见钟情，中年时相濡以沫，老来时生离死别，不论她和赵明诚后来发生了什么，都请不要怀疑他们当初的美好。

李清照是一个不寻常的女子，她骨子里不仅有柔情更有侠骨。她与赵明诚用毕生心血收集了大量文物，但后来，赵明诚病逝。为了更好地保护这些文化瑰宝，她想把这些文物献给朝廷。但国破家亡，南宋朝廷自己都在疯狂逃命，哪顾得上那么多。李清照用生命保护着这些文物，追随南宋朝廷一路南下。一路颠沛流离，文物最终也都散落遗失。但她在居无定所、食不果腹的情况下，将赵明诚未撰写完成的《金石录》补充完整，完成了丈夫的夙愿，奠定了我国考古学的基础。到现在，你到书店依然可以看到这本《金石录》，作者赵明诚。

历史的红尘淹没了王侯将相，冲淡了爱恨情仇。但李清照，这个才华横溢、又美又飒的女子，却惊艳了人间近千年。

03
被母亲生生拆散的爱情
陆游

陆游（1125年11月13日—1210年1月26日），字务观，号放翁，南宋文学家、史学家、爱国诗人。

陆游生逢北宋灭亡之际，少年时即深受家庭爱国思想的熏陶。宋高宗时，参加礼部考试，因受秦桧排斥而仕途不畅。宋孝宗即位后，赐进士出身，历任福州宁德县主簿、敕令所删定官、隆兴府通判等职，因坚持抗金，屡遭主和派排斥。乾道七年（1171年），应四川宣抚使王炎之邀，投身军旅，任职于南郑幕府。次年，幕府解散，陆游奉诏入蜀，与四川制置使范成大相知。宋光宗继位后，升为礼部郎中兼实录院检讨官，不久即因"嘲咏风月"罢官归居故里。嘉泰二年（1202年），宋宁宗诏陆游入京，主持编修孝宗、光宗《两朝实录》和《三朝史》，官至宝章阁待制。书成后，陆游长期蛰居山阴，嘉定二年（1210年）与世长辞，留绝笔《示儿》。

陆游一生笔耕不辍，诗歌具有很高成就。词与散文成就亦高，对后世影响深远。

被母亲生生拆散的爱情

陆游、唐婉《钗头凤》解析

钗头凤·红酥手

陆游

红酥手,黄縢酒,满城春色宫墙柳。东风恶,欢情薄。一怀愁绪,几年离索。错,错,错!

春如旧,人空瘦,泪痕红浥鲛绡透。桃花落,闲池阁。山盟虽在,锦书难托。莫,莫,莫!

钗头凤·世情薄

唐婉

世情薄,人情恶,雨送黄昏花易落。晓风干,泪痕残。欲笺心事,独语斜阑。难,难,难!

人成各,今非昨,病魂常似秋千索。角声寒,夜阑珊。怕人寻问,咽泪装欢。瞒,瞒,瞒!

文学作品若能打动人心,真是一篇足矣。陆游、唐婉的《钗头凤》二首,可谓杜鹃啼血的千古爱情绝唱。

有情人的分开,有时还真不一定是因为狗血的背叛,俩人感情甜到齁,也不行!不信?

陆游和唐婉,打小郎骑竹马来,绕床弄青梅。老早就确认过眼神,你是对的人!

两小无猜小表兄妹,整个家族都在等着两个孩子快快长大,好"在一起,在一起。"肥水不流外人田嘛,门当户对,理应亲上加亲更进一层。二十岁,陆游终于娶了舅舅家十七岁的小老妹儿唐婉。高配婚姻啊,十里红妆,宾客满堂。虐遍满城单身狗。

年少的爱情总是真挚热烈,一旦爱了,就毫无保留。

婚后两年下来，虽然从琴棋书画诗酒花，到柴米油盐酱醋茶，唐婉角色转换有点滞后，但俩人依旧热度不减。才子佳人，红袖添香，风花雪月、两情缱绻。愿得一人心，白首不离分。

只是两人天天一起愉快地玩耍之前忘了评估风险。他们始终不明白一个道理，一个院儿住着，这么成天高调秀恩爱，让老母亲没处躲没处藏地"辣眼睛"，是没有好果子吃的。儿子媳妇幸福美满，老母亲看着一点不香！集宅心仁厚与小肚鸡肠于一身的陆妈开始天天屋里屋外各种咳嗽。咳咳，打住吧，打住吧！这波恩爱秀得，可以了！两年多了，也该从欢乐的海洋中回来干点正事儿了哈。她发现这大侄女别的本事没有，

038
笑侃诗词

撒娇撩汉技能满格。你以为你长得好看干什么都对吗？唐婉被婆婆贴上了"不努力干活还黏人的小妖精"标签。婆婆天天咳嗽成这样，这唐婉也没听出婆婆"话都在咳嗽里了"有几个意思。

陆妈内心戏超多，她的刚需是儿子学而优则仕，将来能出将入相、定国安邦。更快、更高、更强！所以她一心想着，结了婚有媳妇管着，儿子考取功名的事儿那会变得 So easy，儿子也会说：有了媳妇，妈妈再也不用担心我的学习！哪承想，儿子整天沉溺儿女情长、学业荒废，离自己的刚需越来越远。而且三年抱俩，五年一窝的造人计划两年多了还一点儿动静都没有。更重要的是地球人都看出来了，儿子现在丢魂儿的样，她如果跟媳妇一块掉水里，指望儿子先来救她？做梦吧！至此，陆家画风开始突变！唐婉从姑姑疼爱的小侄女，变成了婆婆痛恨的假想

敌。"啥作用不起，那娶你回来弄啥哩！""儿砸，书中自有黄金屋，书中自有颜如玉。好好学习，啥都会有哒。不能在这个妖精那里瞎耽误工夫。听妈说是绝对的安全、绝对的靠谱、绝对的准没错哒"！

中国人的婚姻家庭自古就缺少边界意识，你是我生的，一辈子自然就得听我的。管天管地管你拉屎放屁，我这么操心费力，为的啥，还不都是为你好！

老母亲要止损，小嗑儿唠得嘎嘎硬。"该说的话我可都说了，当断不断，自己看着办！"一个书香世家，开始鸡飞狗跳，硝烟弥漫。陆妈出身名门，见多识广，婆媳斗争经验丰富，拆散你们，有的是招儿！老母亲高举着"不孝有三，无后为大"的祖宗大旗，休妻！必须滴！

陆游为难哪，"慈祥的母亲，你到底怎么啦？"更年期的女人真的如此可怕吗？女人何苦为难女人哪！世上安得双全法，不负老妈不负卿。老妈的意思陆游不敢抗旨不遵，但他又不舍得和心爱的人分离，就在外面租了一个院子，金屋藏娇，每天偷偷跟唐婉约会。

经过各种心理战、地道战、声东击西战、旷日持久战，狐狸最终斗不过好猎手。这种小儿科的事情，能瞒得过火眼金睛的老母亲吗？"你赶快打住，要不后果自负！"陆游终于告饶。这就是传说中的胳膊拧不过大腿，这波操作，陆妈完胜！也没客气客气，就让唐婉成了前任儿媳。唐婉没有像一般女人一样一哭二闹三上吊，她有着大家闺秀本有的矜持与体面。当初八抬大轿抬进门，今天老爸大车小辆接回家。我输了，你赢了，这下天下太平了。把自家、娘家整一地鸡毛的陆妈也顺便喜提了

笑侃诗词

"中国恶婆婆"称号，几百年无法洗刷刷。

中国几千年的家庭伦理，能处理好这些关系的人都是人生哲学家。可见，在这件事情上，陆游不咋地，唐婉也不及格。天真的唐小姐万万没想到，婆媳关系，比国际关系还难处。两个契合的灵魂就这样被生生拆散，唐婉的心心拔凉拔凉的。爱别离，求不得，人生真是苦不堪言。所以，幸福的婚姻是相似的，不幸的婚姻真是各有各的不幸。传统的愚孝，不知害了多少家庭。一代充满阳刚之气的爱国诗人陆游，名垂青史。但咱说跟唐婉这事整的，可真是掉链子，不爷们！

念念不忘，必有回响。十年后的某一天，在毫无准备的情况下，俩人在著名的私家大花园——沈园相遇了。只是唐婉身边多了现任——皇族后裔赵士程，一位翰墨书香的谦谦君子。陆唐四目相对，虽表面云淡风轻，内心却早已电闪雷鸣。明明是阳光明媚，两人的世界却倾盆大雨。

傻子才看不出来！赵士程场面人，派人送来了酒菜给陆游，双方虽未进行亲切友好的交谈，但话也都在酒里了。一来表达敬意，二来也有点感谢他当年娶了又退之恩。

一切都过去了，不必再计较当年谁对谁错，缘来缘去，曾经深爱的两个人转眼成了彼此的过客。

陆游各种悔恨呼之欲出，跑到沈园"表白墙"上，写下了这首《钗头凤·红酥手》。

钗头凤·红酥手

红酥手，黄縢酒，满城春色宫墙柳。东风恶，欢情薄。一怀愁绪，几年离索。错，错，错！

春如旧，人空瘦，泪痕红浥鲛绡透。桃花落，闲池阁。山盟虽在，锦书难托。莫，莫，莫！

一生挚爱成陌路，爱无法重来。此去经年，相思难寄，见字如面。再多的错错错，莫莫莫，也无法表达他内心的无奈与自责。如果我们的爱是一个错误，愿你我没有白白受苦。

面对自己的真实感情，人最大的痛苦不是爱而不得，而是爱在眼前却假装视而不见。假如上天能够再给我一次机会，我一定要大声说，我要爱你一万年！在那个封建礼教时代，"爱情"在"孝道"面前根本摆不上台面。其实陆游心中很清楚,即使上天再给他一万次机会重新选择,他依然会屈从于父母之命。人的情感在大的时代背景下是何其渺小。

一年后,陆游故地重游,他发现在他那首《钗头凤·红酥手》旁边,有人又和了一首《钗头凤·世情薄》,落款唐婉。

钗头凤·世情薄

世情薄,人情恶,雨送黄昏花易落。晓风干,泪痕残。欲笺心事,独语斜阑。难,难,难!

人成各,今非昨,病魂常似秋千索。角声寒,夜阑珊。怕人寻问,咽泪装欢。瞒,瞒,瞒!

她心中有怨有恨，最后只剩了无奈。在那样的社会里，她的多情都被指责是祸水。情深义重的两个人真的可以一别两宽，各生欢喜吗？反正臣妾是做不到哇！"曾经沧海难为水，除却巫山不是云。"她的心实在太小，小到再也无法容下第二个人。

一个爱惨了的女人，当爱深入骨髓，有谁能够拿得起放得下！更可恨有人还来劝人大度，你知道人家经历了什么呀，就劝人大度！

有的人，真的是相见不如怀念。怀念最多伤伤心，相见却会要人命。心痛是真的会死人的。尤其人前人后还要强作欢颜，而疼痛只能在夜深人静的时候，自己反刍那种。这得多人格分裂的人才能做到啊！但再怎么痛都无法改变，那种无力感是最摧毁人的，哀莫大于心死。

相思成疾的唐婉，写下这首《钗头凤·世情薄》没多久，便香消玉殒，猝然离去。

美人成土，此后赵士程终身未娶，十年后战死疆场。

深情已逝。此后陆游多次回沈园赋诗凭吊。直至八十五岁离世，依然无法释怀。

唐婉病逝之后，她的作品获得了永生，两阕《钗头凤》天作之合，题在沈园表白墙。字字带血，句句揪心。

什么叫一首词救了一个园？

沈园，这个宋代留下的花园，因为《钗头凤》，成了国家 5A 级旅游景区。那里游人川流不息，是因为悲剧往往比喜剧更让人动情，大家缅怀爱情，愿悲剧不再发生。

04

他一生渴望戎马
却至死未能如愿

陆游

笑侃诗词

他一生渴望戎马却至死未能如愿

陆游《诉衷情·当年万里觅封侯》解析

他一生渴望戎马却至死未能如愿

诉衷情·当年万里觅封侯

当年万里觅封侯，匹马戍梁州。

关河梦断何处？尘暗旧貂裘。

胡未灭，鬓先秋，泪空流。

此生谁料，心在天山，身老沧洲。

很多人知道陆游，是因为他的《钗头凤》，悲剧的爱情总是最能打动人。而且就因为跟唐婉这事，陆游被很多人骂成"妈宝男"。这人设，掩盖了他的真实身份近千年。其实人家不仅是名臣，还是高产作家，号称"六十年间万首诗"，现在存世的就有九千三百余首，跟乾隆爷有的一拼。但乾隆爷虽然到处留诗，你看了之后也只能迫于皇上面子，附和一句"好诗呀好诗"。陆游不同，诗词量、质并重，词风非常宽泛，尤其他充满爱国激情的诗句，看了真会让人上头。真是名副其实的爱国诗人！

一

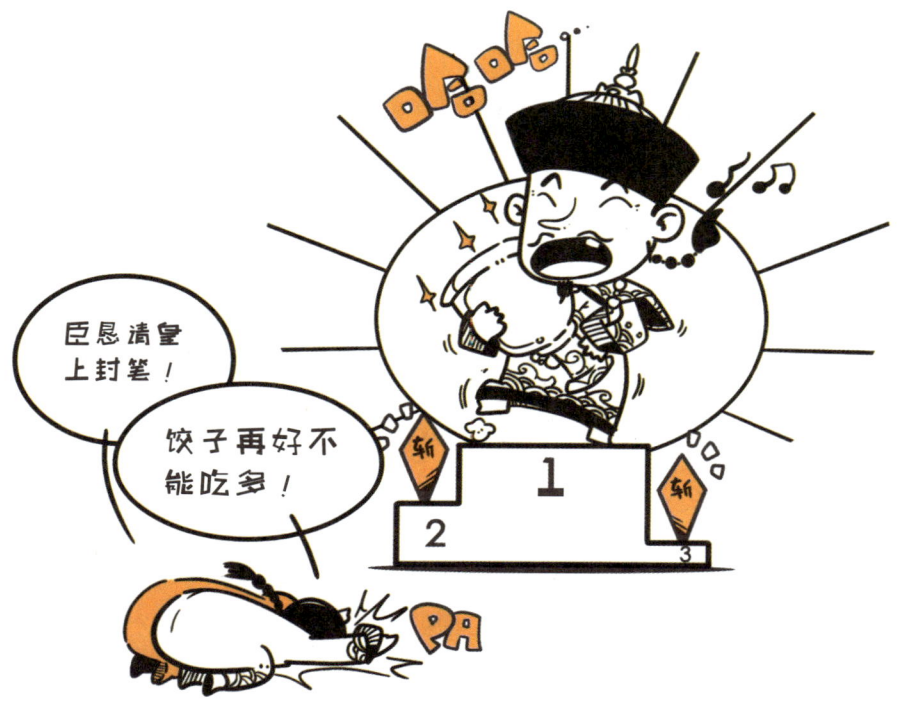

大家可能还不知道，陆家，祖上八辈一直在朝为官。"进取不附势，爱国不愚忠，崇文不重财"的家训一辈传一辈。人家的家风一腔正气，门庭是有风骨可言的。好不容易精准投胎，没想到陆游还生不逢时。

陆游生在北宋灭亡时期，颠沛流离的成长经历慢慢地融进少年陆游的血液里，看着山河破碎，他的家族爱国基因被唤醒了。他多想为国挥洒一腔热血，哪怕肝脑涂地。所以他不仅疯狂读书，还外练筋骨皮，内练一口气，明知山有虎，偏向虎山行。作为文人的陆游，心中豪气冲云天。不止一次为民除害，打死吊睛猛虎。和其他词人不一样，他才不是一介肩不能挑、手不能提的文弱书生,而是血气方刚一猛人儿呀!

陆游打小喝墨水长大的。熟读兵书,文章写得也是杠杠滴。本来科举考上了状元,但当朝宰相秦桧希望自己的孙子做状元郎,一看陆游抢了先,很不高兴。这孙子是谁?怎能盖过我孙子?让他边儿去!于是,陆游从榜一直接出局。过几年又来考,文章洋洋洒洒,写了《论北伐恢复中原的重要性》,见解独到。秦桧一看,这孙子怎么又来了呢?写的啥破玩意呀,一点幸福感没有,跟主旋律不符,哪凉快哪待着去!陆游啥也没干就跟当朝大佬结了梁子。但他铁了心要进仕,咱们走着瞧!公

元 1155 年，陆游的人生出现了拐点，秦桧死了，他爱国名相的人设也随之崩塌。陆游终于得以入仕。

陆公子祖辈都觉得，堂堂中华就应该让四方来贺。可邻居大金却把大宋当作无限额提款机，连年来收保护费。还把徽、钦二帝和一帮大臣、妻女一起掳走了 3000 多人，引发了"靖康之耻"。从邻居老金，升级为了隔壁老王。就这还嫌不够呢，咱说啥是多呀，还要啥自行车呀？

大金得寸进尺，又一步步逼近。满口仁义礼智信的大宋君臣们，这回也做了一把好汉——好汉不吃眼前亏。打仗不行，撒丫子逃命，两腿像装了电动马达似的，比谁都快。所以你记住了，只会开口说大义的人，临大难必变节；逢人称兄弟的主儿，你呵呵就好了，即使深交也平常。有情、有义、有血、有骨的陆游，在那样的环境里，能够有忠、有孝、有气、有节，你说容易嘛！

"庙小妖风大，池浅王八多"，南宋朝廷这帮纸醉金迷惯了的"主和派"废物点心们觉得，能花钱解决的问题都是小事儿。多给点岁银或许能破财免灾。"主战派"不同意呀，拿咱当冤大头？我欠你啥子吗？我啥子都不欠你滴。能动手咱就别吵吵，你有见过和平是装孙子装来的吗？好男儿就应该战死沙场。主战，主和，还用抓阄决定吗？干就完了。岌岌可危的大宋朝，按说都火烧眉毛了，依然在窝里斗。人到底是该站着死还是该跪着生？陆游就纳闷，都是熟读圣贤书的人，为什么有些人骨头就这么贱呢？

陆游作为"主战派"，他一生直爽坦诚，虽然身为一代文豪，却是

笑侃诗词

抗金名将岳飞的小迷弟，骨子里有一股横刀立马的侠气。他抽空就给皇上打鸡血：

"……两军盯着看，谁怂谁完蛋……"

"……隔壁臭流氓他们太欺负人了，老来打劫，不能惯着他们！……"

"……你如果当'赵跑跑'，将来哪有脸去见先皇，也没脸对子孙哪！……"

"……成王败寇！任谁来也不能让他活着回去，犯我者，虽远必诛！……"

"……咱大宋不是吓大的，不管咋说，咱总得先把阵势拉开了，秀两下肌肉啊。……"

"……下雨天打孩子，反正闲着也是闲着。总不能别人一举手，咱这就割地……"

"……大好河山，不能就这么打水漂啊，别人白白拿去了，还笑你是孬种！……"

"……没让你到处跑马圈地，就是替祖上看好眼前的江山社稷都不行吗？……"

"……他们再这么耍流氓，咱就抄家伙，跟他们拼了！做人不能太怂了！……"

"……你胜了我陪你君临天下，你败了我陪你东山再起……"

"……楚虽三户能亡秦，岂有堂堂中国空无人啊！……"

只要陆游那边一吵吵抗金,皇上马上不高兴,"行了,你可别成天嘚吧嘚了,整个一碎嘴子加刺儿头。你个书生不好好吟诗作赋,天天喊打喊杀,整得我脑仁疼!"看到没?热脸贴冷屁股。摊上这样的老板,就算没有战死也得被气死。

皇上觉得偏安一隅挺好,不缺吃,不少穿的,跟那伙流氓打打杀杀干啥?他们谁想要啥,赶快拿去,别耽误我这好兴致。人家皇上葫芦里卖的是这药!所以你想,陆游天天喊"北伐抗金,收复中原",能受待见吗?

因此这哥的仕途,跟他的初恋一样,"苦不堪言"。唉!这让人又爱又恨的大宋啊。现在不抵抗,迟早有一天会尝到被人暴揍的滋味。陆

笑侃诗词

游的爱国情怀，在不对口型的天子那里一文不值。而且人家还防贼一样防着他，把他贬这贬那，你最好离皇上远点，眼不见心不烦！你说有没有搞错？

"谁的真心喂豺狼？谁的青春不迷茫？"呼吁国家统一都会被治罪，这工打得也够可以的。唉！跟了这不着调的昏君真是浪费"绳"命，朝廷啊，你可长点儿心吧！真是哀其不幸，怒其不争。

大宋央妈自家资产连年来缩水，已经到了吃葡萄都不吐葡萄皮程度的南宋天子，你肉不疼吗？但天子永远承包正确，啥江山社稷，还是眼前的苟且比较舒坦。

陆游在48岁，终于熬走了他人生中第三任皇帝，如愿以偿投笔从戎，"上马击狂胡，下马草军书"，来到了抗金一线，作为一把锋利的"金错刀"，陆游已经尘封太久，如今，终于霜刃大开！只可惜，八个月后又被朝廷诏回。

陆游一生经历了六任天子，出奇地相似，好像 Ctrl+C—Ctrl+V 复制粘贴过来的一样，都想卖国求荣。他的一生，也只能在文字的世界里金戈铁马了，他渴望为国戍守轮台，哪怕"马革裹尸还"。但他爱的国不给他机会呀！历史没有假设。英雄迟暮，壮志未酬，晚年的陆游，写下这首《诉衷情·当年万里觅封侯》：

诉衷情·当年万里觅封侯

当年万里觅封侯，匹马戍梁州。

关河梦断何处？尘暗旧貂裘。

胡未灭，鬓先秋，泪空流。

此生谁料，心在天山，身老沧洲。

铁肩担道义，妙笔著文章。耄耋之年，陆游依然没有等来家国恢复，他抱憾终生。一个人的真爱也无外乎于此，85岁，与世长辞，临终，他嘱咐子孙："王师北定中原日，家祭无忘告乃翁！"

"亘古男儿一放翁！"陆游，陆放翁，你的名字，没有让祖宗蒙羞，配得起后世尊崇！

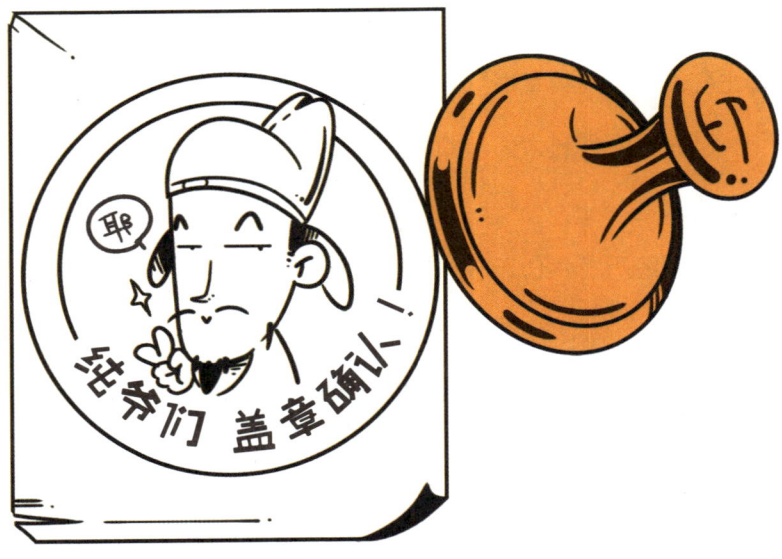

05

这样揪心的爱情戳中你泪点没

苏东坡

苏轼（1037年1月8日—1101年8月24日），字子瞻、和仲，号铁冠道人、东坡居士，世称苏东坡、苏仙，北宋著名文学家、书法家、美食家、画家，历史治水名人。

嘉祐二年（1057年），苏轼进士及第。元丰三年（1080年），因"乌台诗案"被贬为黄州团练副使。宋哲宗即位后任翰林学士、侍读学士、礼部尚书等职，晚年因新党执政被贬惠州、儋州。宋徽宗时获大赦北还，途中于常州病逝。

苏轼是北宋中期文坛领袖，在诗、词、散文、书、画等方面取得很高成就。文纵横恣肆；诗题材广阔，清新豪健，善用夸张比喻，独具风格，与黄庭坚并称"苏黄"；词开豪放一派，与辛弃疾同是豪放派代表，并称"苏辛"；散文著述宏富，豪放自如，与欧阳修并称"欧苏"，为"唐宋八大家"之一；苏轼善书，"宋四家"之一；擅长文人画，尤擅墨竹、怪石、枯木等。

这样揪心的爱情戳中你泪点没

苏东坡《江城子·乙卯正月二十日夜记梦》解析

江城子·乙卯正月二十日夜记梦

十年生死两茫茫，不思量，自难忘。

千里孤坟，无处话凄凉。

纵使相逢应不识，尘满面，鬓如霜。

夜来幽梦忽还乡，小轩窗，正梳妆。

相顾无言，惟有泪千行。

料得年年肠断处，明月夜，短松冈。

苏轼一生名篇很多，但这首《江城子·乙卯正月二十日夜记梦》，堪称"千古悼亡之首"，可谓名篇中的名篇。他的一场梦，把我们带回他人生中最美的那段时光。那时的苏轼多快乐呀，少年得志，意气风发。但老天也算公平，给了你一个专长，必定会再赠送一个短板。才华横溢的苏轼，就是整不明白官场那点事。神经大条的他在那个人精儿聚集地，老踩坑。"心直口快"在层出不穷的"套路"面前被显得是那么的小学鸡。这种性格如果没个人在身边帮把持着，别人给卖了都还会帮着去数钱，最后连自己咋死的都不会知道。但人在运上，天上掉馅饼的事也能赶上的，出门溜达一圈都能白捡个漂亮媳妇。老天给苏轼安排的结发妻子王弗，是他的十全大补，专门帮他查缺补漏，识文断人。但自从妻子去世后，没人再为他的人生保驾护航了，苏轼人生也就开启了连环贬模式。

他的这首《江城子·乙卯正月二十日夜记梦》是在妻子去世十年后，也是他人生第一次遭遇挫折外放时写下的悼亡词。这事的来龙去脉到底咋回事呢？您把纸巾准备好，我从头跟您说。

话说北宋时期，有位王方王老先生，号称名师专业户，桃李满天下。古代科举考试比现在高考难多了，要考取功名就得参加补习班。王老先生的青神中岩书院那是出了名的补习界大户，想考功名，上他的补习班，就等于半个屁股已经坐在了官府的那把人见人爱的太师椅上。所以慕名而来的学生太多了。

有一天,王老先生心血来潮,要为旁边中岩寺的一水潭取个好名字,就对外摆下擂台,还放话出去,说谁取的名字被选中,就将我的爱女许配于他。摊上这爹你说得多冒险!咱说你不能找点别的奖品吗?

王方女儿王弗品貌出众,地球人都知道。这消息一出还了得,青年才俊们纷纷表示,跟着王老师读书福利太大了!

比文招亲这营销案做得漂亮!免费来了一堆名儿。什么"藏鱼池""观鱼池""天鱼池""跃鱼池"五花八门。小女王弗在一边偷看,没一个满意的,心想,"这帮蠢材!"

一般主角都是压轴儿出场。科考呼声最高的苏轼最后一个挤进人群说:"池中鱼儿甚通人性,唤之即来,呼之即去,就命名为'唤

鱼池'吧。"

王老师一听，展开手心里女儿提前给的纸条，上面写着"唤鱼池"！哎妈呀，答案完全正确呀！乘龙快婿是他是他就是他！苍天哪，大地呀。老王同志心心念念的就是这个叫苏轼的小伙子！他以老丈人特有的疼爱握着苏轼的手说："老师给你爆灯！我家你小老妹儿跟你的答案是一样婶儿滴！恭喜你，天意呀天意！我看好你呦！"

行了收摊吧，回去让你爹找媒人赶快来提亲吧。虽说女婿是打擂换来的，但程序上该走的繁文缛节咱不能差事！

19岁的苏轼成了那潭子里的锦鲤，出去一趟回来白捡个漂亮媳妇。这名场面，想想，太有喜感了。苏轼老爸也高兴坏了。"儿砸，爸同意呀！"父母之命，媒妁之言，明媒正娶，锣鼓喧天……十六岁的王弗进了苏家的门儿。

她还不知道，她今儿进的这门可以称为千古NO.1，因为这门里走出的爷仨，苏洵，苏轼，苏辙，占了唐宋一共八大家的仨席位。她更不知道，她是第一任，后面还有两任她的替补队员，都姓王。所以苏轼还有个别称，"王的男人"。

此刻，为婶儿也想姓王。哎呀，怎奈君生我未生，我生君已远啊。

王弗这个"敏而静"的姑娘，腹有诗书，却从不显山露水，从前十指不沾阳春水的她，嫁过来之后每天悉心照料公婆，里里外外一把手。一个家，有了女人，才有了热气腾腾的烟火气。

苏轼一直以为王弗不识字，就教她读书。哪承想，这是个满腹经纶的主，本来以为娶了个"青铜"，已经很满意了，没想到来了"王者"！"我本想收获一缕春风，你却给了我整个春天！"王弗为相公研墨端砚，俩人先结婚后恋爱，琴瑟相和，读书良伴，幸福得不要不要的。

轼有贤妻相伴，书读得更起劲儿了，科举高中进士，这老婆，还叫啥王弗啊，就应该叫旺夫啊！先成家后立业，一切安排妥妥滴了！

王弗陪苏轼走过人生中仅有的十一年无忧无虑、诗意快乐的岁月，她比他更懂他！

家有贤妻，丈夫不做横事。苏轼这个宝藏男孩儿是出了名的杠精，

怼天怼地怼空气,政治上相当不成熟。一兴高采烈就忘了他是谁,为了谁。但娘子常吹枕边风:"冲动是魔鬼"!"话说三分好,信人七分妙"。苏轼牢记老婆教导,少了很多麻烦。所以他很依赖她。她让他从男孩成长为男人。

　　苏轼逢人就说,我家娘子就是我心目中理想型的妻子,满足我对老婆人设的所有想象!天天撒狗粮,羡煞个人。

　　可这对少年夫妻好景不长,情深不寿。结婚十一年后,二十七岁的王弗扔下爱他的丈夫苏轼和爱子苏迈,病逝!相濡以沫的灵魂知己,更是自己的守护神，就这样走了。那是可以随时说话的人啊，那是可以让他把自己最不堪的一面毫无顾忌地袒露给她的人啊，那是知他懂他疼他的人啊！最贤的妻，最才的女，没了。

你信不信，有人这一生就是为了成就另外一个人来的。她用柔情刻骨，换他豪情天纵。轼有弗，三生有幸！而转眼恩爱夫妻，阴阳两隔。

苏轼用了两年多的时间，在葬妻子的小山岗上，亲手一铲一铲地种下了三万棵雪松，他希望有短松，有明月，就如同有他陪在她身旁。

一日夫妻百日恩，百日夫妻似海深。此后岁月，对王弗的思念，间歇性发作。

笑侃诗词

十年后的某天，被贬到千里之外的苏轼梦中回到老宅，再次见到逝去的妻子，坐在小轩窗旁一边梳妆一边等他回来，她低声吟唱着，"画眉深浅入时无"但十年的贬谪生涯，已经让他尘满面，鬓如霜，他担心妻子已经认不得自己了。惊醒过来，他心如刀绞，写下这首感天动地的悼亡词《江城子·乙卯正月二十日夜记梦》

江城子·乙卯正月二十日夜记梦

十年生死两茫茫，不思量，自难忘。
千里孤坟，无处话凄凉。
纵使相逢应不识，尘满面，鬓如霜。
夜来幽梦忽还乡，小轩窗，正梳妆。
相顾无言，惟有泪千行。
料得年年肠断处，明月夜，短松冈。

人生有很多第一次，第一次婚姻，给了苏轼人生第一次美好，也给了他人生第一次肝肠寸断。很难讲是王弗成就了苏轼，还是苏轼成就了王弗，好夫妻本该如此。

深情是你，归处也是你！她成了他心头挥之不去的朱砂痣，他变成了她生命中失不再来的白月光。

06 千古兄弟情

苏东坡

千古兄弟情

《狱中寄子由（其一）》解析

千古兄弟情

狱中寄子由（其一）

圣主如天万物春，小臣愚暗自亡身。

百年未满先偿债，十口无归更累人。

是处青山可埋骨，他年夜雨独伤神。

与君世世为兄弟，更结来生未了因。

人红是非多，典型案例就是苏东坡。三十几岁，苏轼还没开始叫苏东坡，就已经是国民男神、男女老少通吃的流量大V了，整一篇就百万+，整一篇就百万+，你考虑过那些死命创作却没人看的苦逼们的感受吗？你这么优秀，是会没有朋友哒！毕竟大家好才是真的好，就你一人好……那好危险哒！更可恨的是你还有大批妇女粉，就连母仪天下的皇太后都是你的死忠粉，这不是招人嫉妒招人恨吗？那时的苏轼真还是"图样图森破"！

有人的地方必定有江湖。朝廷这个表面风平浪静，内里暗潮涌动的地方更不例外。当时朝中有新党和旧党两大阵营。新党以主张变法革新的宰相王安石为核心，力推"青苗法"等变法。目的就是给老百姓减负，

让农民种地积极性高点。这个出发点好！很好！非常好！而且意识很超前。但是落地执行的时候，一堆问题冒出来，却没有及时地得到解决。但当时新党觉得这是改革带来的阵痛，没必要大惊小怪，"小车不倒只管推"就是了。为啥有这么大底气呢？王安石推行变法的背后支持者是当朝圣上。年轻的皇上刚坐上龙椅没几天，很多大臣还不太看好。那他必须要做出点业绩来给朝中老少看看，这么好的政策，我会改变世界，改变你的！于是，这个根本不食人间烟火的大宋新上任 CEO，也没做过微服私访、民间调研，就力排众议，为变法推行一路绿灯，扫清一切障碍。新党也因为有皇上站台，腰杆很硬，一时风头无两。

但是旧党也不是"吃干饭"的，他们主张稳定压倒一切！为首的是另一宰相司马光。他就是我们小时候常听的那个"司马光砸缸"的故事主人公。旧党认为因新政在推行过程中太急功冒进，引发了一连串的社会问题。这个弄不好老百姓会造反的！这种事情必须马上喊停！为啥司马光敢反皇上的心头好？因为他后面有皇太后撑腰！软实力的皇太后一路跟先皇大风大浪过来的，她主张："啥政策的实施都要慢慢来，不能太大动作折腾老百姓，否则国将不国！"你看，执政有经验跟没经验有

区别吧?那都是祖祖辈辈提炼出来的精髓,不尊天爱人,哪有好果子吃!所以旧党也不好惹,有皇太后坐镇,搞不好就会"皇上,你妈喊你回家吃饭!"

两大阵营初心都是为了咱老百姓,但到具体政见上,那就各说各的理,各不相让了。苏轼本不愿意蹚这滩浑水的,但看到新政推行过程中所有人都在追求速成之效,劳民伤财。整个社会"守拙之人越来越少,巧进之人越来越多"。他觉得这样下去,必定会出大乱子。

男神有个毛病,一言不合就写诗,净写些讽刺挖苦变法新政的东东。新党看了自然很不爽。你要知道,在只有人制没有法制的时代,一个鼻孔出气是官场心照不宣的潜规则。你不一个鼻孔出气也就算了,还到处喷口水。关键时刻男神总会像他自己说的"不合时宜"。这么口无遮拦,会让你吃不了兜着走的!

朝廷为了推新法,正想抓两个反面典型,好杀鸡给猴看。全民男神在这个节骨眼上,天天发表新法弊端的言论,明显跟皇上不一条心。这么扎眼个人,不被整,那不科学!于是有人就回去翻箱倒柜,将多年来从苏轼那蹭来的诗文、墨宝、往来信件字斟句酌加浮想联翩,整理出男神反对新政的证据,添油加醋呈给皇上。

笑侃诗词

皇上看后很生气,后果很严重。你想想嘛,谁不想听好话?你愿意身边围一圈天天跟你对着干的人吗?但我就在想,那些背后捅刀子的黑粉儿,你最起码有点道德底线吧!吃人家嘴软,拿人家手短,你拿了人家那么多宝贝还这么去坑人家,你这么做良心不痛吗!

朝廷本来不是东风压倒西风,就是西风压倒东风。高手成事,从来不着痕迹,而是总能借力打力!打击超高人气的男神苏轼,等同于打击了旧党的气势!男神成了这场无硝烟战争的炮灰。没多久,旧党就被踩在地上摩擦,最终定论苏轼反对改革新政,顺便还藐视圣上!这罪名可是要掉脑袋的呀!

一

苏轼的弟弟苏辙也在朝为官，得到信儿了，快马加鞭派人给哥哥送信："哥，估计凶多吉少，你要有心理准备，事态严重，我在想办法。"

人在江湖漂，哪能不挨刀！1079年7月29日，朝廷派人到湖州缉拿苏轼回京，国民男神像被抓小鸡一样绑起来。一家二十几口哭声震天，老婆王润之更是撕心裂肺。这时候，男神伟岸的气质出来了，他被压得整个身子都是弯的，还不忘回过头来跟老婆开玩笑："哭啥子嘛，我这是去见圣上，一般人祖宗十八代加起来，都没见过皇上！保持微笑，等我回来！"这都啥节骨眼儿了还能开得出玩笑来！能不能配合点情绪！朝廷这奉旨抓人哪！

至此，影响苏轼一生、史上著名的"乌台诗案"开演了！

"以利交者，利尽则交疏；以势交者，势倾则人散；以色交者，华落则爱渝；以道交者，地老而天荒。"人在危难之时，最容易看清人性。苏轼入狱后，墙倒众人推。之前还称兄道弟，天天来蹭吃蹭喝蹭流量的那帮人，转眼都没影了。那些天天拍胸脯"哥事儿就是我事儿，哥事儿包我身上"的人，各个都像躲瘟疫一样避之不及。人心隔肚皮，这时候没落井下石，就已经算善良了。

在监狱里，苏轼已经被折磨得不成样子。这里出现了一个插曲，苏轼跟原配妻子王弗生的儿子苏迈，每天去监狱给爹送饭。那时朝廷穷啊，关个犯人还不管饭！因为家属跟犯人是不能见面的，所以苏轼跟儿子早就约好暗号：平时只送肉、菜，如果有死刑的消息，就送鱼，以便心里

有准备。苏轼天天最心惊肉跳的就是打开盖碗的那一刻,可千万别是鱼!苏轼进去后,家里的大事小情全落在苏迈身上。爹的事情里里外外都得打点,苏迈就到处去张罗钱。这天,送饭的事就临时交代给了家里其他人。但忘记告诉与爹有暗号这回事。这老哥就准备了一条苏轼最爱的熏鱼给送过去。苏轼一掀开盖碗,鱼!是鱼!真的是鱼!唉!看来留给自己的时日已经不多啦!

苏轼悲从心起,此刻他最挂记的便是弟弟苏辙。两兄弟从小一块淘气,撒尿和泥、掏鸟窝,苏轼没少闯祸。如果挨爹揍,都是弟弟挡在前

面。长大了,小哥俩一块考取功名,哥哥性子耿直,看见不平就开怼,得罪了不少人,弟弟没少帮哥哥去化解各种危机。但弟弟从来都毫无怨言,一辈子甘心做哥哥的小迷弟,到什么时候都把他这个哥摆前面。逢人就说,哥哥不仅是兄长,更是自己的良师益友。弟弟是自己此生最疼爱的手足和最珍贵的知己。"我少知子由,天资和且清。岂独为吾弟,要是贤友生。"两兄弟感情就这么深!只有敦厚的人家才能培养出这样情深义厚的兄弟情。

苏轼回忆起跟弟弟在一起幸福的往昔。风雨交加的夜晚,两人躲在被窝里,床对着床,一边听雨,一边说话。天南地北,古往今来,他浩渺宏大的思想和悲天悯人的情怀只有弟弟最懂。他们约定,往后余生,无论荣华富贵、一帆风顺，还是一贫如洗、危机四伏，俩人都要共进退。弟弟还跟他勾手指："拉钩上吊，一百年不许变！"

　　哥哥惹这么大祸自然会连累弟弟。但自始至终，苏辙一句怨言也没有，他理解哥哥。哥哥不是为自己私利而一吐为快，他是心怀天下苍生，心怀国家社稷，他是一个勇士。苏辙一刻不停地为营救哥哥四处奔走，只要有一线希望，就拼尽全力去争取！人一辈子能有这样的至亲，还觉得自己不富有吗？此刻苏轼悲欣交集！

　　临终了，本来一肚子的话要对弟弟说，却一句也说不出。他给弟弟苏辙（字子由）写下这首诀别诗——《狱中寄子由》，他托付弟弟来照顾家人，也感叹与弟弟的未了情只能在下辈子再续了。

狱中寄子由

圣主如天万物春，小臣愚暗自亡身。

百年未满先偿债，十口无归更累人。

是处青山可埋骨，他年夜雨独伤神。

与君世世为兄弟，更结来生未了因。

苏轼一生给弟弟写过很多诗词，这首《狱中寄子由》，说心里话，从语言到立意，都称不上上乘之作，更像一首打油诗，还有点擦皇上鞋的味道，但是我必须要把这首诗拿出来说一说。这首诗当时的历史背景是大宋的两党之争所引发的"乌台诗案"，这是一场宋代震动朝野、影响深远的"文字狱"，也是苏轼的浩劫，是他一生最重要的历史事件。所以作为集八卦之心与浩然正气于一身的二婶儿，我必须要跟大家叨一下这事。

而且这首诗，虽然文学价值没啥可说的，但作为一个人，你有没有被感动？这种兄弟情义，值得我们每个人去扪心自问，在亲情与我们的事业、财富、权势、健康等等相冲突的时候，你会选择什么？没了亲情，你还剩什么？文学作品除了带给我们精神享受，更会带给我们心灵的震撼，引领我们去反思，去见贤思齐。让我们人生哪怕去到再高的高度，都知道我们的归处在哪里。"与君世世为兄弟，更结来生未了因。"苏轼、苏辙的手足情深，被千古传颂。

笑侃诗词

一

人生有些磨难真的很难讲是福是祸。没有"乌台诗案",哪有后来的苏东坡?所以历史要辩证拉长来看。

当时,苏辙为营救哥哥四处奔走。他还上书皇上:"把我的官职免了吧,这样就算顶了我哥的罪。"古代是真有这么干,而且干成功的。但社会在进步了呀,时代已经进入到高度文明的大宋朝了,哪能还这么想一出是一出呢?朝廷你家开哒?该谁的罪谁自己受!苏轼死定了。

按经验,此时就该到了众人袖手旁观看笑话的时候了,但如果你平时积累了人品,那说不定关键时刻,剧情会有大反转!果然,皇太后把皇上叫到跟前："当年苏轼、苏辙两兄弟科考后,先皇是多么开心!连称'我为子孙得两宰相人才!'你现在不重用苏轼不说,还要他受如此大罪,真是不肖子孙!赶快放人!"

更难能可贵的是政敌王安石也出手相救!用了九个字让宋神宗刀下留人:"安有圣世而杀才士乎?"哪有盛世的明君杀才士这种事情啊?大宋一向打的是尊重知识分子的牌,不能打您这坏了名声。这一句能顶一万句!皇上一辈子最在乎的不过是留得生前身后名。于是苏轼总算免于一死。咱们不得不佩服王安石这个人,胸中存着天地的正气和文人风

骨!"我可以与你政见不一,但我依然敬你是条汉子!所以我绝不落井下石!"王安石此话一出,皇上当天放人!

苏轼出狱时已经虚弱到不能走路。家人们见此无不落泪。没想到他竟然咧嘴笑了!"阎王爷鼻子都摸到了,又给退货!老子差点挂了,捡条小命回来!咱必须得给生活比个耶!"就这么没心没肺!

人生有三大幸事:虚惊一场,失而复得,久别重逢。现在苏轼全赶上了!按苏轼的逻辑,别管这事让咱遭多大罪,人生除了生死,其他都是擦伤,只要过去了咱就该翻篇儿!

他出狱那天刚好春节,男神是从不会放过生活中任何小确幸的人。"回家!给我做好吃的!我要往死里吃鱼!"就此,苏轼的"人生盛宴"正式开启。

07

这首词之后
他成了国民男神

苏 东 坡

090

笑侃诗词

这首词之后
他成了国民男神

苏东坡《临江仙·夜饮东坡醒复醉》解析

临江仙·夜饮东坡醒复醉

夜饮东坡醒复醉，归来仿佛三更。家童鼻息已雷鸣。敲门都不应，倚杖听江声。

长恨此身非我有，何时忘却营营。夜阑风静縠纹平。小舟从此逝，江海寄余生。

刚刚经历一场天上掉屎盆子的牢狱之灾。还没来得及休养生息，苏轼就被贬往黄州。他携家带口翻山越岭，日夜兼程。正赶上春回大地，冰雪消融，小溪潺潺。倒霉蛋儿的春天也是春天啊。苏大文豪一路唱着"春天在哪里呀，春天在哪里"。人生都落魄到这份儿上了，咱也不知这文豪还哪来的开心劲儿！"老婆，你瞅瞅这溪水，多么地热情！""幸有清溪三百曲，不辞相送到黄州。"就这么自嗨！小溪流水哗啦啦，他竟然理解成是小溪一路欢唱送他到黄州的！你能看出这是被贬官吗？他一人儿竟然整出了粉丝告别演唱会的热烈场面。难怪林语堂先生说："像苏东坡这样的人物，是人间不可无一，难能有二的。他的一生是载歌载舞，深得其乐，忧患来临，一笑置之。"

笑侃诗词

　　儿子好奇地问，"去那么远那么穷的地方，有双薪吗？"老婆赶快捂孩子嘴，"可可可可，可不敢瞎说！"大宋虽是出了名的高工资，但现在跟苏大男神一毛钱关系没了。无薪酬挂职，意思就是马儿啊你快些跑，马儿啊你不许吃草！

　　大难不死，往后余生都是赚到。文豪安慰一块跟着贬过来的家眷们："想那么多干啥！车到山前必有路，老天饿不死瞎家雀。"

　　但一家二十几口的肚子是个无底洞，很快积蓄花光，兜比脸还干净。好在天无绝人之路，当地一朋友帮他在城东租了一块荒坡地。他脱下长衫，穿上草鞋，拄着竹杖，秒变快乐小农夫。学富五车、才高八斗的文坛大佬撸起袖子加油干！带着家人，清瓦砾，引水渠。春耕，夏作，秋收，冬藏。这么多人的吃饭问题，这不说解决也解决了。生活就是个缓慢受锤的过程，接受平凡，才能超越平凡！文豪一双拿笔的手结满了老茧。干农活原来这么快乐！快乐原来如此简单！

天生见吃眼开的文豪把吃货属性发挥到了极致。他把那些达官贵人不肯吃，穷人不会做的食材，全弄回来，各种鼓捣。"东坡肉""东坡肘子""东坡虾""东坡豆腐""东坡羹""东坡饼"，发明出一堆让人垂涎的美食。这让他的人生更增添了迷之魅力。那时候是没什么品牌保护的意识,要不然"舌尖上的东坡"品牌"保护费",光数钱就会数到手抽筋!在他眼中,万物皆可进肚,万物皆可入诗。美食是他给这个世界开出的另外一套治愈心灵的良方。他用诗书与众生结缘,用美食温暖人间。

文豪爱死了这块东坡儿地,他在上面盖了几间草房,取名"雪堂"。左邻右舍,乡里乡亲常来蹭吃蹭喝。都落魄成这样,文豪依然遮不住他那该死的魅力!沦为山野村夫的苏大文豪毫无偶像包袱,他在放飞自我的道路上一路狂奔,活出了自己的光。三教九流,啥人都能坐一块儿喝两盅。过去那可是名动京师的宰相储备干部,"谈笑有鸿儒,往来无白丁",交往的都是文人雅士。现在连村东头二婶这样的山野村姑都可以挤进来听他讲故事,蹭杯"东坡陈酿"暖和暖和。小小的"雪堂"充满了人间烟火气。这泛着泥土气息的市井凡俗生活,让他觉得内心无比踏实。这世上只有一种英雄主义,那就是看清生活的真相后依然热爱生活。他还给自己取了个号"东坡居士"。

没想到，苏东坡这个名字后来成为了影响中国近千年的文化符号。

在这个鸟不拉屎的地方，男神竟然中年实力圈粉。田间地头、路边集市，到处是自来粉、路转粉。这个"上可陪玉皇大帝，下可陪路边乞丐"的老顽童，大家喜欢听他讲故事，他喜欢跟大家开玩笑。

有一天，他头上顶着一个大西瓜手舞足蹈地往家走，一个老太婆喊他："嗨！东坡先生，你过去是朝廷的大官，现在想想，是不是像一场春梦啊？"他就给人家起外号"春梦婆"，以后见了面，就跟人家喊"春梦婆，去哪耍啊？"一天，一个醉汉晃里晃荡地撞倒了他。还骂骂咧咧差点揍他一顿。东坡先生不气反倒高兴坏了："自喜渐不为人识"，他是真正放下自己的人。

人生处处皆修行，世事练达皆文章。这世上就没有白遭的罪！死里逃生后，我们看到了那个外焦里嫩的苏轼渐渐远去，而皮糙肉厚的苏东坡向我们走来。这个生性纯真、可盐可甜、魅力无限的摩羯座啊，注定不疯魔不成活。

一天晚上，他在自己的雪堂"跟往事干杯"。和灵魂对话，与寂寞言欢，这是他每日夜深人静的必修课。往昔历历在目：他少年得志，一考成名，万众瞩目，爱妻离世，父母离世，蒙冤入狱，一撸到底，众叛亲离，贬谪黄州，食不果腹，山穷水尽，大起大落……"人生三万六千天，眼睛一闭一睁，一天就过去了，眼睛再一闭不睁，一辈子就过去了。我到底要怎样过我这一生？"杀死和拯救我们的，不是什么神仙皇帝，只有我们自己。

今夜星光灿烂,今夜不醉不归!苏轼醉了醒,醒了醉,已经喝断片、物我两忘了!生活不简单,何不简单过?有人醒着却好像醉了,有人醉了,却格外清醒。

半夜三更喝到醍醐灌顶,他摇摇晃晃回家觉觉了。怎奈回来太晚了,家童鼾声如雷。真是啥主人带出啥家童,你家老大还没回来,你就敢睡过去了!而且深更半夜老大在大门外嗷嗷叫门,把院子里的鸡、鸭、鹅、狗都给叫起来了,就叫不醒你!这心也是大大滴!睡眠质量也是杠杠滴!文豪好脾气,叫不醒,干脆站门口挂着竹杖听一宿江水声吧!这一听不打紧,思绪翻涌,历史名篇,《临江仙·夜饮东坡醒复醉》来喽!

临江仙·夜饮东坡醒复醉

夜饮东坡醒复醉，归来仿佛三更。家童鼻息已雷鸣。敲门都不应，倚杖听江声。

长恨此身非我有，何时忘却营营。夜阑风静縠纹平。小舟从此逝，江海寄余生。

男神看着浩渺的江面，他所经历的人和事，一幕幕重现在眼前，就仿佛江面上上演的一部人生大戏。那里面有他曾经的朋友，有同朝为官的幕僚……真是人生如戏，戏如人生。他看到戏中人耍着各种小把戏，练就了一身见人说人话，见鬼说鬼话的本领，其实只为得到自己想要的东西。到头来，机关算尽，聪明反被聪明误。还有在自己最危难的时候落井下石的那些人。他们也并没好过呀，你看，他们依旧在假惺惺地说着各种违心的话，做着些蝇营狗苟的事情。他们真是活得可怜！此刻他突然一点也不怪那些害他的人了，他看到了一群可悲的生命。

红尘中相逢的人，哪一个不是为了成就我们的人生而来的？哪一个不是让我们的生命进入更高层次和更深境界的贵人？当一个人穿越了生死恐惧和世态炎凉，一切都会释然，都会大彻大悟！今天晚上这酒没白喝，也多亏了家童不开门，让他倚杖听江彻底想明白了一些事情。他跟

这个世界和解了，跟生活和解了，更跟自己和解了！他望着滚滚长江东逝水，明白了自己终究要过一种什么样的人生！我要跟这个随波逐流的世界说拜拜！我要跟真实的自己说嗨嗨！

哪有什么人在江湖，身不由己！人生有很多活法，无喜无悲、胜败两忘！哥不跟你们玩了！一转身，小舟从此逝了，海阔天空！黄州，这个给了他无数伤痛之地，让苏轼精神金蝉脱壳，化茧成蝶。让他在烈火中凤凰涅槃。面对蝇营狗苟，他选择了"出世而不离世，入尘而不染尘。知世故而不世故，处江湖而远江湖。"这套组合拳打下来，从此他成为了苏东坡！

沧海一声笑，余音笑傲江湖千年。古今多少事，都付笑谈中。他已不在江湖好多年，但江湖上依然还有他的传说。有句话有点瘆人，不过我信！"有些人活着已经死了，有些人死了却还活着"你信吗？苏东坡旷达超然的人生哲学和处世态度，让他当之无愧成为国民男神。他的魅力，足可以为大宋朝代言。江湖上有一种信仰，叫苏东坡！他活在每个中国人的骨子里。

08

人这辈子能有这样的朋友，死也值了

秦观

秦观（1049年—1100年9月17日），字少游，一字太虚，号淮海居士，别号邗沟居士，北宋婉约派词人，儒客大家。

秦观少从苏轼游，元丰八年（1085）进士。元祐初，因苏轼荐，任太学博士。绍圣元年（1094），坐元祐党籍，出通判杭州。又被劾以"影附苏轼，增损《实录》"，贬监处州酒税。继迭遭贬谪，编管雷州。元符三年（1100年），复命为宣德郎，放还横州，卒于藤州（今广西藤县）。

秦观善诗赋策论，与黄庭坚、晁补之、张耒合称"苏门四学士"，为北宋婉约派重要作家。所写诗词高古沉重，寄托身世，感人至深。长于议论，文丽思深，兼有诗、词、文赋和书法多方面的艺术才能，尤以婉约之词驰名于世。

笑侃诗词

人这辈子能有这样的朋友，死也值了

秦观《江城子·南来飞燕北归鸿》解析

人这辈子能有这样的朋友，死也值了

江城子·南来飞燕北归鸿

南来飞燕北归鸿，偶相逢，惨愁容。

绿鬓朱颜重见两衰翁。

别后悠悠君莫问，无限事，不言中。

小槽春酒滴珠红，莫匆匆，满金钟。

饮散落花流水各西东。

后会不知何处是，烟浪远，暮云重。

有人出现在你生命里是为了来给你添堵、拉低平均分的，而有的人出现却是为了点亮你的生活，温暖你的心！其实每个人都是独立存在的个体，谁离开谁都能活，可活跟活的味道和意义却不同。当你真正被一个人当宝藏珍惜过，当你的人生真正被某个人启迪过，那个人便是你生命的篝火，会点燃你生命中的希望之光，让你也放射出万丈光芒。

从古至今，追星的路上粉丝们各个都身怀绝技，贼有才！秦观是标准铁粉小迷弟，他的偶像是文坛泰斗苏轼。不过，秦观这个追星的方法可真是剑走偏锋！他模仿苏大文豪的笔迹在墙上题诗一首，然后落款苏轼。苏大文豪看了这篇金句满地的佳作，一愣！这是谁呀？写得也太像了！有两把刷子！这词风，这文采，堪比屈原、宋玉之才！于是，秦观成功地引起了偶像的注意。

偶像问了他三个人类终极问题："你是谁？你从哪里来？要到哪里去？"他却没有正面回答，只低眉拱手说："秦观仰慕先生才学出众，更敬佩先生以德服人，我钦佩先生至大无外的宽广，感叹先生至小无内的虚怀。愿能追随先生求索，以期遇见更好的自己。"

苏大文豪不禁慨叹"天分这种东西真是嫉妒不来。秦观这小子就是个天赋异禀的人！"这样的学生打着灯笼也找不到！现在老师只等你开口，就会立马说"我愿意"。"正所谓长江后浪推前浪，我就等你把我拍在沙滩上了。"

毫无悬念，秦观被苏轼欣然收入门下，他跪在老师面前深深一拜。这一拜，见天地，见人心。一个头磕下去，便是一日为师，终生为父，无论将来发生什么变故，都不会改变初心。有这种恒心和信念的人，没有不成功的。果然，秦观与黄庭坚、晁补之、张耒各领风骚，成为"苏门四学士"，名满天下。而苏轼与秦观，这对相差十二年的师生，这对词坛双子星，更是分别担纲了宋词豪放派和婉约派的扛把子角色。他们互粉结下了亦师亦友的深厚情谊。这份情谊，一走便是一辈子。追星的最高境界，就是成为和偶像一样闪闪发光的人；师生的最高境界，就是不改初心共日月，肝胆相照两昆仑。

官宣成为苏门学士，让秦观成为了香饽饽。人生瞬间拉了几个涨停板，春风得意马蹄疾；金榜题名，入朝为官，齐家治国平天下……感觉未来已来！惺惺相惜的秦观与苏轼，已经不是简单的师生关系，他们彼此欣赏，彼此认同，早已深深地结成了命运共同体，就像一条绳上的两只蚂蚱，一荣俱荣，一辱俱辱。他们相约，"朋友一生一起走，一句话，一辈子，一生情，一杯酒，啦啦啦……"但人生这场大戏真是你猜得中开端，猜不中结局。秦观刚刚尝到天上掉馅饼的滋味，随后天上就开始掉砖头。真是人在家中坐，祸从天上来。

这不，毫无征兆，苏老师就出大事了！在那个伴君如伴虎的时代，皇帝的心，就像小孩子的脸，说跟你腻乎就跟你腻乎，说不带你玩就不

笑侃诗词

一

　　带你玩儿了。身处云谲波诡的官场，个人命运瞬息万变，自己根本做不了自己的主。"作为臣子，官家瞅你顺眼很重要！"重要的事情你自己说三遍哈！但这么重要的话，苏大文豪和秦观小迷弟一辈子也没参透，也不想参透。既然悟性这么差，就得遭受生活的毒打，让生活教教你吧。接下来命运三连击，彻底把秦观打蒙圈了。

　　秦观这辈子的命运跟老师是没办法剥离清楚了。苏大文豪昨天还是全民偶像，转眼就遭受了一场重大的"乌台诗案"，让他高昂的人生瞬间歇菜！还给弄进监狱去了。老师这些年没少 diss 这个那个的，估计

人这辈子能有这样的朋友，死也值了

凶多吉少。做事讲究的秦观总想为老师担点什么。但他自己是个初来乍到的官场小白，虽然没跟谁结过梁子，但人微言轻。在那个皇上一手遮天的时代，即使知道事出反常必有妖，你想掰扯清楚是是非非，也没地方可以讲理去。况且这个时候，他自己已经泥菩萨过河，自身难保了。此时的文豪，墙倒众人推，平时围着他兄弟长兄弟短的一群人，出了事立即作鸟兽散。朋友圈的友情到底几分真？这还真是个玄学呢！唉！道可道，非常道，不可说，不可说……

可怜秦观，官家的板凳还没坐热乎，朝廷的诏书就让他卷铺盖卷走人了。他跟着偶像共同被贬。真是成也追星，败也追星，躺赢和躺枪的

笑侃诗词

一

都是因为同一个人，说多了都是泪！可怜的秦观百口难辩。还以为能平安干到退休，这工打得风险太大了，弄好了加官进爵，弄不好满门抄斩。还好大宋有对知识分子网开一面的祖训，要不就不是人搬家那么简单了，搞不好脑袋就要搬家了。这么看来被贬已经算是不幸中的万幸了。

秦观对那些平时跟老师称兄道弟，出了事躲老师像躲瘟疫一样的人很是愤恨。但苏轼心中门儿清，倒过来安慰学生："人走茶凉，这是常事，不必太放在心上。你想想这节骨眼上，谁会来烧我这冷灶！像你这种一根筋的人真是难找了。"落难虽痛苦，却也是好事，你很容易看出谁是真朋友，谁是假交情。还有什么比得到人的真心更美好的事儿呢？那些落井下石、害怕受牵连躲得远远的人，如果知道这二位后来在中国文学史上是那么耀眼，估计肠子都悔青了。所以万事留一线，日后好见面，啥事别做那么绝，你知道哪片云彩有雨呀！

一晃多年，秦观受尽磨难、颠沛流离、一贬再贬。这滋味，真酸爽！落难成这个样子，他依然不改初心，对老师充满崇拜，觉得自己能够跟偶像共同被贬，虽败犹荣。

山水有相逢，来日皆可期。当年的迷弟，转眼已两鬓染霜。他鸿雁传书告诉老师，"额想你！"老师回复，"额也是！"红尘滚滚之所以动人，是因为心中藏有一份真爱与牵挂。秦观的心里只有一个念头：哪怕漂洋过海，我也要去见你！于是52岁的秦观舟车劳顿去看望64岁的苏东坡，一对落难师生久别重逢。有种笑比哭还难看！他们都强作欢颜，不让对方看见自己内心的悲伤，只为告诉对方"我还好"！

人这辈子能有这样的朋友，死也值了

但，就在转身的刹那，一对师生，老泪纵横，泪飞顿作倾盆雨。俩人彻夜长谈。他们从苏轼聊到苏东坡，从"拣尽寒枝不肯栖，寂寞沙洲冷"，聊到"竹杖芒鞋轻胜马，谁怕，一蓑烟雨任平生"，从眼前的苟且，聊到诗和远方……

戴罪之身的老师，依然鼓励学生：

"这个世界上，不是所有人都会对你的善良投桃报李，但你要永远记得，狗疯了会咬人，人却永远不可以咬狗！……

"迷弟，你得活出精气神儿来！谁不是一边不想活了，一边努力活着！……

"人一定要学会到哪个山头唱哪个歌。身虽在阴沟，眼一定要仰望

星空！……

"人间不过是寄身之处，万事别当真！……

"甜不是人生，苦也不是人生，有苦有甜才是人生。要不人生多无趣！

"……"

多么简单的道理啊，却好像只有走过了千山万水才明白。迷弟看着老师落魄的倦容，"士为知己者死！"神交二十余年之后。秦观第一次对老师说出了憋了一辈子想说而不好意思说的话。

经历了太多的酸甜苦辣，很欣慰苦难没有让两人的心变扭曲，依然对世界饱含深情与悲悯。这才是真正的劫后余生，岁月嘉奖。

此去经年，天涯路远，请多珍重。临别，秦观写下这首《江城子·南来飞燕北归鸿》。

江城子·南来飞燕北归鸿

南来飞燕北归鸿，偶相逢，惨愁容。

绿鬓朱颜重见两衰翁。

别后悠悠君莫问，无限事，不言中。

小槽春酒滴珠红，莫匆匆，满金钟。

饮散落花流水各西东。

后会不知何处是，烟浪远，暮云重。

人这辈子能有这样的朋友，死也值了

  时代的一粒尘土落在个人身上都会是一座大山。当年青丝红颜的两人再见已是两个糟老头，别后这么多年，一切尽在不言中！再见也不知道是猴年马月了。这世间有些再见，或许就是再也不见。短暂相聚后秦观匆匆上路，却在路上含笑与这世界不告而别。他与老师二十多年遥相呼应，同进同退。或许他觉得此生得一知己，死而无憾！但这让一生乐观豪爽的苏东坡情何以堪，肝肠寸断！

  秦观这个被命运抛上天空就开始自由落体的天才，一生没过几天好日子，一直被老师牵连。但他始终有着喷薄而出的侠义，至死不悔的忠诚。他始终觉得，此生能拜苏轼门下，实乃三生有幸！他们不幸，遇上那样的时代，一生颠沛；但是时代有幸，遇见他们，词海繁荣。

09

异地恋闹分手就是找借口

秦观

异地恋闹分手就是找借口

秦观《鹊桥仙·纤云弄巧》解析

鹊桥仙·纤云弄巧

纤云弄巧，飞星传恨，银汉迢迢暗度。

金风玉露一相逢，便胜却人间无数。

柔情似水，佳期如梦，忍顾鹊桥归路。

两情若是久长时，又岂在朝朝暮暮。

提到秦观，或许有人不知道他是何许人也，这个姑且原谅你。但是，如果说起"两情若是久长时，又岂在朝朝暮暮"这句词，小脑瓜是不是稍微有点印象啦？千百年来，无数的异地爱侣们会将这句词，动情地写进书信，飞鸽传向远方深爱的人。这句词，就是由淮海居士秦观所写。

年轻的秦观也是有进取心的，一门心思参加科举考试，考到三十多岁却还连毛都没摸到。该死的科举，真应了那副对联：说你行，你就行，不行也行；说不行，就不行，行也不行。横批：不服不行。朝中有人好办事，成为苏门学士后在苏轼的极力推荐下，秦观终于通过科考，挤进大宋官场。幸运得不要不要的。

但封建官场是站队的艺术，人算不如天算。福兮祸所伏，秦观这颗

笑侃诗词

一

冉冉升起的政坛新星，在老师遭受的"乌台诗案"中，首当其冲无辜躺枪。升官、被贬，无缝对接。秦学士命运进行到这里就开始卡壳喽，人生开启了无限循环贬模式。之后的十几年，是哪里鸟不拉屎就往哪里贬。他一直盼着否极泰来、触底反弹，却没想到，人生洼地，没有最低，只有更低！大宋，动不动就用连窝端来惩罚异己，这帮缺少创意的人，也真是醉了！被连环贬造蒙圈的秦观，始终整不明白人类这个终极问题——生命的意义到底是什么？秦观可能到死都不会明白，像他这么优秀的人，本该灿烂过一生，怎么四五十年到头来，还在人海里浮沉？

要说秦观的才华，就咱们开篇说的那两句词"两情若是久长时，又岂在朝朝暮暮。"足以让世人感叹几个来回。快一千年了，真是凭实力家喻户晓。千百年来喷子无数，遇到《鹊桥仙·纤云弄巧》却无处下嘴，

只能一拍大腿:"好词儿呀,好词儿!"这还不能说明点问题吗?让我们再来细看看词的全文:

鹊桥仙·纤云弄巧

纤云弄巧,飞星传恨,银汉迢迢暗度。金风玉露一相逢,便胜却人间无数。

柔情似水,佳期如梦,忍顾鹊桥归路。两情若是久长时,又岂在朝朝暮暮。

一

"两情若是久长时,又岂在朝朝暮暮。"哎呀,秒杀各种亲亲抱抱举高高,低质量的相处,真是不如高质量的分离。本来俗套得不得了的七夕牛郎、织女鹊桥会传说,却让秦观赋予了新的含义。两情长久,不在于是不是天天早早晚晚都在一起。这才是成熟人最长情的告白,这调调,充满高级感。多少人身近在咫尺,心却远在天涯。我们出去吃餐饭,你就看吧,两口子一人抱一手机,各刷各的,一边吃还一边刷,全程几乎零交流。这身体是天天在一起了,心却不知跑哪去了。真正好的感情,一定是能够经得起离别的。就因为有分离才会有了"孤枕难眠""相思成疾"这些猫抓般闹心的词儿。真正相爱的人,距离只会让两颗心贴得更紧。听到没,别再为异地恋分手找借口了,苍蝇根本不叮无缝的蛋,让两个人分开的,不是异地,不是生离,也不是死别,那是什么?过来

人，你自己咂巴嘴去吧！

　　不曾深夜恸哭过的人，不足以谈人生。成年人的世界岂一个悲凉了得！秦观高大威猛的外表下，却藏着一颗多愁善感的心。这是杀伤力极强的 IP 特质啊。命运如果把门给你堵上了，老天一定会给你开一扇窗。仕途低迷的秦观，东边不亮西边亮。官场上被抛弃的挫败感，在文坛彻底给找补回来了。如此这般的魔鬼训练，练出了秦观人生三大爱好：写词，发愁，逛青楼。官场上连走背字儿的秦观，在欢场变得如鱼得水。

　　秦学士的一生开始与青楼文化结下了不解之缘。一提青楼，很多人就又不淡定了。那不是扫黄打非的重点吗？你这人，没文化真可怕。古代的青楼那是官民公认的高雅文化、流行文化发源地，我们今天看到的诗词曲赋，很大一部分都是从那里传唱出来的。青楼跟某院完全不是一码事，不要混为一谈了。在古代文化人稀缺的时代，女子能够识文断字的可谓凤毛麟角，但青楼女子大多是有一点文化的。她们各个身怀绝技，琴棋书画样样精通。青楼相当于那个时代高大上的文艺圈。尤其是在大宋时期，青楼文化非常发达，甚至从皇上到群臣再到黎民百姓，稍稍有两个糟钱儿的，家里都会养歌姬，陪着吟诗唱曲，这是文化人家居标配。没几个歌姬，都不好意思请客人来家里喝酒。很多人写了诗词要请当红的歌姬帮忙传唱，但那也是有门槛的。写得好的，那就是门，进去有可能就名扬天下；写得不咋地的，那就是槛，想进去，门儿都没有！但秦观不同，名师出高徒。"苏子瞻于四学士中最善少游"，大文豪苏东坡的心头好那不是浪得虚名的。秦观玉树临风，才华爆棚，是当之无愧的

笑侃诗词

男神。哪个歌姬能得到秦观大作,就代表着她就是当红顶流。所以秦观在青楼歌姬中是神一样的存在,妥妥一位爆款填词人。女文青们一捆捆地为他送来"秋天的菠菜",非秦学士不嫁的人呜嚷呜嚷的。真的是旱的旱死,涝的涝死。有人一辈子也遇不到一个喜欢自己的人,有人却一辈子活出了人家几辈子。从这个角度看,啥意难平也都气儿顺了。

　　人生没有什么悲伤是一段恋爱解决不了的,如果有,那就来两段。但爱他的人也知道,与他,得之吾幸,失之吾命。哎,该死的魅力就是这么神奇,你花钱买不来,巧语蒙不来,武力吓不来,谄媚求不来。人家就好他秦观这口儿!

秦观是个重情重义的人,无论是对他的偶像苏东坡,还是对出现在他生命中的女子们,都配得起"讲究人儿"这几个字。虚情假意的人,写不出动人心魄的词句。因为情深,所以词好。在此,为婶儿也禁不住为他竖起了大拇哥!

秦观在青楼文化中一骑绝尘,公然把给歌姬的词写得铺天盖地,真是非主流里的战斗机。刚好那个时候科技界又发明了影响世界文化传播的活字印刷术,你知道这意味着啥?秦观天时地利人和占据了两大流量风口,他便成了"风口飞上天的猪"。真是有心栽花花不开,无心插柳柳成荫。秦观成为宋词婉约派毋庸置疑的代表人物。

笑侃诗词

常年的小透明早已经限制了我们的想象。我们永远也想象不出作为一名超级偶像是多么招人惦记。湖南长沙有位头牌花魁，卖艺为生，非秦观词不唱。刚好秦观被贬郴州路过此地，听到自己还有这么一位忠实的粉丝，便登门拜访。看见她屋子里唯一的一本书就是自己的词集，已经翻得破旧。秦观问她："秦观词蒙姑娘这么厚爱？有那么好吗？"花魁说："唯秦学士的词才是真正的风雅。如此生能得见秦学士，死了都值。"粉丝不可怕，就怕粉丝有文化！既热烈又有调调。见过大阵仗的秦观也经不起这番表白。于是他坦言自己就是秦观！花魁转身进屋，重新梳洗换了衣服，出来行大礼，说，"这是我亲手精心缝制的凤冠霞帔，准备有朝一日可以穿上它与秦学士共入洞房。我原以为这辈子都没有机会穿上它，没想到三生有幸，能在我这个粗鄙的地方，与学士相逢。小女子愿一生为妾，服侍先生研墨奉茶。"秦观自知自己戴罪之身，前途未卜，怎敢连累她。小住几日后，便告辞上路。

浓烈的爱，源于心神相合。"曾经沧海难为水，除却巫山不是云"。没想到这女子却说"从今往后，我闭门谢客，为你守身如玉。只盼你早日归来。"哪承想秦学士越贬越远，姑娘等了年复一年。有日她梦到秦观来和她道别，她有一种不详的预感，怀疑这是魂魄托梦。随即差人去沿途打听，果然得知秦观客死他乡。她就披麻戴孝穿了丧服，一路寻到秦观的灵前，抚棺恸哭，最后气绝身亡。

都说戏子无情，这么有情有义的人你见过几个？"风流不见秦淮海，寂寞人间五百年"。人间如果没了秦观的绝顶风流文采，是何等寂寞无趣？

一

　　古往今来写情爱的词人多如过江之鲫，但真正写情又懂情的人寥寥。所以写出来的东东就是差那么一点儿火候，传唱不下去。这也正常，只走肾不走心的，永远是大多数。宋朝三大情词高手，柳永、周邦彦、秦观，虽都跟青楼文化有关系，但写出的东东各是各的味儿，真是让人千古传唱，欲罢不能。

10

我命由我不由天!

范仲淹

范仲淹（989年10月1日—1052年6月19日），字希文。北宋政治家、文学家。

范仲淹幼年丧父，母亲改嫁长山朱氏，遂更名朱说。大中祥符八年（1015年），范仲淹苦读及第，授广德军司理参军。后历任兴化县令、秘阁校理、陈州通判、苏州知州等职，因秉公直言而屡遭贬斥。康定元年（1040年），与韩琦共任陕西经略安抚招讨副使，采取"屯田久守"的方针，巩固西北边防。庆历三年（1043年），因战事稍缓，被召入朝，授枢密副使。后拜参知政事，发起"庆历新政"，推行改革。不久后，新政受挫，范仲淹自请出京，历知邠州、邓州、杭州、青州。皇祐四年（1052年），改知颍州，在扶疾上任的途中逝世，年六十四。累赠太师、中书令兼尚书令、楚国公，谥号"文正"，世称范文正公。

范仲淹政绩卓著，文学成就突出。他倡导的"先天下之忧而忧，后天下之乐而乐"思想和仁人志士节操，对后世影响深远。

我命由我不由天！

范仲淹《渔家傲·秋思》解析

渔家傲·秋思

塞下秋来风景异，衡阳雁去无留意。

四面边声连角起，千嶂里，长烟落日孤城闭。

浊酒一杯家万里，燕然未勒归无计。

羌管悠悠霜满地，人不寐，将军白发征夫泪。

有句古语，"富不过三代"，这魔咒真的控制了人类几千年。但你知道人家北宋铁血名相范仲淹家族兴旺了多少年吗？八百年。八百年范氏家族长盛不衰，这是兴旺了多少代啊！两只手是数不过来了，智商低于一百二的直接脱鞋吧。

这不，他来了，他来了，他从语文书中走出来了。在我们这个普及九年义务教育的国度里，范仲淹在语文课本中长期霸位，堪称初高中必考大神。你敢说你不知道他吗？如果你不知道，你小时候在家挨的男子单打、女子单打、男女混合双打那是全白挨了。

中国历史上，能够让后人铭记并且膜拜的人不多，范仲淹算是一个。但这人在我们今人眼里，就是脑袋让门框给挤了。话还得从范仲淹的家

笑侃诗词

事说起。咱都听过捐款捐物,有听过捐风水的没?古人都知道一命二运三风水,这风水在古代人的眼中有多重要啊!

范仲淹告老回到苏州的时候,想买地建宅。一个很有名的风水师因仰慕他,特意登门拜访,为他推荐一块难得的风水宝地。告诉他说在那里建宅,将来定会子孙科甲不断、万世昌盛。

范仲淹一听高兴坏了。他想,苏州府一直科考不好,既然那里风水可令子孙昌盛,岂能我一家独享。在那办个学府,将来这一带不知会出多少名儒。学府造好后,范仲淹不仅亲自讲学,还请来了社会名师。考取状元、进士的人也越来越多。你说哪有这么胳膊肘往外拧的呢?接下来的事就让你更蒙圈了。

范仲淹的母亲去世后,他要给母亲选一块墓地。风水先生说"那边那块是万箭穿心的绝地,葬此地者后世断子绝孙,坚决不能选!"但他却执意要选那里,理由也奇葩得要命:"既然是绝地,又岂能让他人绝后,还是葬我自己的母亲吧!"请问你是对手派来专门祸祸子孙后代的吗?就这么个人儿!难怪叫"范仲淹",这脑子是妥妥地被大水淹过了。

谁知范母下葬之日忽然风雨大作,过后发现墓地格局已经由原来的万箭穿心变成了万笏朝天。不知道你们咋看哈,我看的时候是惊出一身

冷汗哪！万一老天没帮忙，那后果不堪设想。后来范仲淹儿子们长大成人，各个德才兼备，分别官至侍郎、公卿、宰相。范家的子孙也是非富即贵，绵延不绝，超过了八百年。

古语道："积善之家必有余庆"，但谁敢真刀真枪地在自己身上开练哪！光说不练，那都是假把式。范神给后代打样起了个范儿。而且他不仅敢拿自己家开刀，他就是一门冷兵器时代著名的国产大炮，看着不对的地方他是真敢放炮啊！

宋仁宗十一岁登基,年纪太小,刘太后顺理成章垂帘听政。这一垂帘,尝到了皇权的滋味,那是真香。皇上已经二十岁了,刘太后依然在垂帘听政,不愿意退出权力中心。朝中大臣都知道,其实这已经属于违背祖训,操纵朝政了,但自己身家性命都在人家手里攥着,谁得罪那人哪!范神范大炮不管那个,站出来,直言太后于情于理都要还政于圣上。这刚直不阿的个性,到今天我还为他捏把汗,老想穿越回去,在他语不惊人死不休的时候去捂他的嘴!"大神,有些事,咱能不能学会看破不说破!"大神脖子一梗:"宁鸣而死,不默而生!"尽显为民请命的凛然大气。

你默不默声没人管你,但你动别人的奶酪试试!所以范神的境况可想而知,一会儿重臣,一会儿罪臣;一阵文臣,一阵武将;一朝京师,一朝边关。各种身份、地点自由切换。那又怎样,人生不就是起起落落落落落落……落到泥土里,然后就在泥里开出花来吗?人哪,无欲则刚,一个都敢把自己家祖坟建到最烂渣地的人,还有什么好惧怕的:"我命由我不由天!"就这么硬核!

范神到哪里都有化腐朽为神奇的能力。灾荒之年,他关门打狗,让那些要发国难财的米商们,狠狠地为国家做了一把贡献。别的地方灾民遍野,他管辖的杭州居然米价平稳,没有一点儿饥荒之象。连皇上都不得不为他竖起了大拇哥:"老范高!实在是高!"

范神这种生来就是操心命的人,脑子里就只有一根筋。就像他在《岳阳楼记》中写的:"居庙堂之高则忧其民;处江湖之远则忧其君。"真是操不完的中国心!但人家也确实有一套,手手抓,手手都杠杠硬!你让咱做官,你让咱赈灾,你让咱治水,你让咱戍边,样样都能创造出令人"发指"的好成绩。这套组合拳打下来,范神开启了王炸模式。他用自己的实际行动,书写了一个"出将入相"的传奇故事。

先来看这首《渔家傲·秋思》。这是宋代最早表现军旅生活的词作,也是宋代最早的豪放风格的词作。

渔家傲·秋思

塞下秋来风景异，衡阳雁去无留意。

四面边声连角起，千嶂里，长烟落日孤城闭。

浊酒一杯家万里，燕然未勒归无计。

羌管悠悠霜满地，人不寐，将军白发征夫泪。

宏大的境界，萧瑟的边塞，归期无期的征途，白发伤怀的兵将，夜深无眠的思乡……满目苍凉跃然纸上。

大宋朝自宋太祖赵匡胤开始，因为得来的天下不那么名正言顺，怕他人效仿，再弄个"黄袍加身"事件出来，于是一再削弱武将力量。像领兵打仗这种小事儿，武将们就不用操心了，一律文臣代劳。抑武重文的结果是：北宋军队战斗力极弱，士兵日常训练强度等同于每天做一遍第六套广播体操。大宋军事力量不行但不差钱儿，富得流油的事也是窗户纸吹喇叭，名声在外的。边儿上西夏少数民族小兄弟，光脚不怕穿鞋的。他们确定了治国方针："致富基本靠抢"。梦想总是要有的，万一成功了呢？最坏的结果大不了就是没抢着给打一顿。所以大宋西北从来就没消停过。会哭的孩子有奶吃，西夏那边只要一闹腾，大宋这边就条件反射给甜枣。小兄弟年年来打劫，岁岁有岁币收。收惯了保护费，日子一久，可就不满足仨瓜俩枣了，小兄弟想要在瓜田枣树下那片肥沃的土地上生娃过日子！为此他们竟然还挥起了大棒！

大宋平时没养兵，那么问题来了，这样的军队如何去打仗？关键

时刻国产大炮上吧。五十一岁老范文官秒变武将,被欢送到了西北边境前线。

范仲淹坚信"瘦死的骆驼比马大",所以,他跟西夏打仗用兵的策略是我现在兵力不行,我不跟你硬磕,我就耗着你,把你活活耗死,咱们走着瞧。

确定了打持久战的方案,那就别想着干一炮就跑了。开荒耕田,节省军费;建章立制,训练作战;安营扎寨,就地修城,十天内竟修出了一座孤城出来,好像楔子一样,钉在两军阵前。范仲淹的名字在边境如雷贯耳,连西夏对范仲淹都佩服得五体投地。"军中有一范,西贼闻之惊破胆。"西夏一带提他绝对好使。他开始培养出了几名真正骁勇善战又懂兵法的名将，西北边境也逐渐变得固若金汤。能让对手都对他肃然起敬的人，古往今来，咱还真见得不多。

范神在边境休养生息，慢慢地把逃难的老百姓重新吸引回来，把周边少数民族团结起来，竟然还开展起了边境贸易，真是没有永远的敌人，只有永远的利益。反正也打不过你，西夏王跟老范私交整得还挺好，终于主动来跟大宋议和了。从此换来了北宋很长时间的边境和平。公元1052年，范仲淹在调往颍州途中去世，享年六十四岁。

噩耗传开后，朝野上下一片哀痛，西夏甘、凉等地的少数民族连日斋戒，全城哀悼，凡是范仲淹曾经从政的地方，老百姓都纷纷为他建祠祭祀。朝廷封他谥号"文正"。你不要小看"文正"二字，这是无数读

书人梦寐以求的至高无上的殊荣。自宋到清,"文正"这个谥号,所获之人寥寥。

这个霸占中国初高中课本几十年的默背必考大神,曾让多少学子深恶痛绝。但长大之后,当我们真正明白了他的"先天下之忧而忧,后天下之乐而乐"并不是一句绕口令的时候,恐怕谁都会从内心深处深情呼唤,那种位卑未敢忘忧国的感动中国好声音。

11 狂浪少年的拧巴人生

柳永

柳永（约984年—约1053年），原名三变，字景庄，后改名柳永，字耆卿，因排行第七，又称柳七，北宋词人，婉约派代表人物。

柳永出身官宦世家，少时学习诗词，有功名用世之志。咸平五年（1002年），柳永离开家乡，流寓杭州、苏州，沉醉于听歌买笑的浪漫生活之中。大中祥符元年（1008年），柳永进京参加科举，屡试不中，遂一心填词。景祐元年（1034年），柳永暮年及第，历任睦州团练推官、余杭县令、晓峰盐监、泗州判官等职，以屯田员外郎致仕，故世称柳屯田。

柳永是第一位对宋词进行全面革新的词人，也是两宋词坛上创用词调最多的词人。柳永以适俗的意象、淋漓尽致的铺叙、平淡无华的白描等独特的艺术个性，对宋词的发展产生了深远影响。

狂浪少年的拧巴人生

柳永《蝶恋花·伫倚危楼风细细》解析

蝶恋花·伫倚危楼风细细

伫倚危楼风细细,望极春愁,黯黯生天际。

草色烟光残照里,无言谁会凭阑意。

拟把疏狂图一醉,对酒当歌,强乐还无味。

衣带渐宽终不悔,为伊消得人憔悴。

    老祖宗说,人生有三大不幸:出身豪门、少年得志、飞来横财。你细品去吧,至理名言!尤其那个"少年得志",是人出生以来碰上的头

笑侃诗词

号大坑！不都说出名要趁早吗？咋成人生大不幸了？你要知道，人生的好处一定要慢慢来，不能一股脑儿都来，更不能来得太早太快，会把人心态搞坏坏哒！一出生就进入涨停板，那往后的日子还怎么过？只能走下坡路！很多人一头栽进少年得志这个大坑，一辈子都没再爬出来，大宋才子柳永就摊上了这该死的"少年得志"。

柳家累世为官，以诗书传家。老爸给这个行七的小儿子取名："柳三变"，意思是要他像君子那样有三种变化，长大以后可以成为庄重、温和且品格高尚的人。生在这样儒风浓厚的家庭，祖祖辈辈都给你打样了，入仕为官、克己复礼那是必须滴。

一

　　三变同学很给列祖列宗和他爹长脸，小小少年就显露出了过人的天赋，七八岁出口成章，吊打那些所谓的坊间才子。在乡里乡亲的交口称赞中，三变成了"神童"。顶着光环长大的孩子，其实是很苦的。他们没有尝到过普通孩子的喜怒哀乐，不谙世事就被大人们捧上了天。但等有一天落地了，别说找不到北，会迷失整个人生的方向！悲催的日子一个跟一个！

　　按照祖辈既定目标，转眼三变同学就到了"学而优则仕"的年纪和段位。他带着必胜的信心，告别父老乡亲，走出了家门，进京赶考，连获奖感言都想好了。

　　在交通基本靠"走"的时代，三变同学一路走一路游玩，途经苏杭，留下了很多佳作。不鸣则已，一鸣惊人。一不留神他就火了，这个火可不是以他家村子为核心的半径一公里了，而是席卷了大江南北。他人在苏杭却已名动京师，连皇上都来点评他的作品了！三变同学觉得，皇上这是不好直接录用自己，参加科考也就是走个过场。状元府的大门，自己仿佛已经一脚门里，一脚门外了。进京吧，即便已经火得一塌糊涂，科考的过场该走还是要走的。

　　到了"宇宙最大城市"汴京后，三变眼睛有点不够使。作为未来的状元郎，先考察考察民情吧。鬼使神差，他不知怎么就进了青楼烟花巷柳——他事业的发源地。在这里三变同学如鱼得水。而且竟然还找到了自己的成功商业模式，他为歌伎们写词，歌伎们付给他稿酬，顺便他还醉倒在了温柔乡。

大才子写词那不是一般好,再经头牌花魁一演绎,传播速度绝对不亚于当今互联网。一夜之间,三变同学的词被传得到处可听到。他爹虽然在穷乡僻壤,但也听到了。老爷子快气疯了:"想我祖辈儒官,你这逆子不学无术,天天逛青楼,写这些艳词滥调,可真是有辱门庭!"但山高路远,想揍也够不着他这宝贝儿子。三变一边在青楼搞创作,一边备考。他要官场情场两不误!

二十五岁,三变同学走进了人生的第一次科举考场。他胸有成竹,心想自己定能魁甲登高。交卷那一刻,他走出了六亲不认的步伐。但天下好事不能都给你一个人占尽!放榜那日,从头看到尾,他就没看到一个姓柳的。"想我神童出身,所到之处,一路飘红,哪受过此等羞辱?这让二婶儿怎么看我?让村东头丫蛋儿怎么看我?让前院儿老刘家大鹅怎么看我?原来都巴巴说人家了,现在piapia打脸。"打小受到的教

育是"学成文武艺,货与帝王家。"但现在帝王家死活不要他。初试就落第,这些当官的真是有眼无珠!愤慨之下,被倒霉催昏了头的三变同学写下了《鹤冲天》,发泄对科举的牢骚和不满。

鹤冲天·黄金榜上

黄金榜上。偶失龙头望。明代暂遗贤,如何向。

未遂风云便,争不恣狂荡。何须论得丧。

才子词人,自是白衣卿相。

烟花巷陌,依约丹青屏障。

幸有意中人,堪寻访。

且恁偎红倚翠,风流事、平生畅。

青春都一饷。忍把浮名,换了浅斟低唱。

大概的意思就是自己对落第这事相当不满意了，从满怀期待转至愤恨不平。这明明就是皇上看走眼了呀！那种恃才傲物之气跃然纸上。接下来笔锋一转，毫不掩饰自己的放浪形骸以及在风月场中的风流快活。他自封白衣卿相，最后还放话"忍把浮名，换了浅斟低唱。"这柳永真是狂放到不可一世了，在他眼中功名就是个浮名，不如换他在烟花巷陌喝酒吟唱来得爽歪歪。没想到这首没有正能量的词在民间炸了，到处传唱。但出来混迟早要还的！这是公然藐视科举制度啊！皇上听了很生气，后果很严重，"既然瞧不上功名，那你浅斟低唱去吧！"直接把他给拉黑了。

三变同学更有脾气。原本"抱之以琼瑶，待之如父君"的皇权竟视自己为粪土，那还有什么好说的，以戏谑回之就是了。"君以国士待我，我以国士待之；君视臣如土芥，臣视君为寇仇。"既然皇上让我去浅斟低唱，那我不敢不遵旨了！然后这位大才子拿来自己的手板，郑重其事地刻上"奉旨填词柳三变"七个大字，霸气侧漏。

人不轻狂枉少年，三变怎么能够被科举落榜轻易压垮呢？争名夺利本就不符合自己的心性，在朝廷这辈子是不可能打工的了，此处不留爷，自有留爷处！拜拜了您哪！柳公子一转身开始放飞自我了。连他自己都不知道，转身的刹那，他已经开启了属于自己的传奇人生。

"狂浪是一种态度，狂浪是不被约束"。柳公子一头扎进万丈红尘，灯红酒绿的烟花巷陌，他爆火。火到什么程度？"凡有井水处，皆能歌柳词。"吓人不！吓人不！有人的地方就能听到他的词！他真是让人于无声处听惊雷！

他这首《蝶恋花》，借景抒情，尤其那句"衣带渐宽终不悔，为伊消得人憔悴"被传得家喻户晓，哪怕你不知道柳永的大名，你也一定听过这句词。你不管是搞对象啊，还是比喻你对事业的追求啊，反正所有你为了心中所想死命努力而无怨无悔的事，你就狂引用这句，显得特别有文化，立即高大上。

蝶恋花

伫倚危楼风细细，望极春愁，黯黯生天际。草色烟光残照里，无言谁会凭阑意。

拟把疏狂图一醉，对酒当歌，强乐还无味。衣带渐宽终不悔，为伊消得人憔悴。

这首词前半段是古人惯有的 pose，一发愁就去喝酒、倚危楼。后面这句亮了。"衣带渐宽终不悔，为伊消得人憔悴。"柳永这到底是说给他爱恋的女子听，还是说给半生追求功名的自己听，各位看官自己体会吧。

三变在声色犬马之中度过了青年时期的放浪生活，但无论自己在文艺圈怎么火，在风月场上多么风生水起，三变同学一辈子也没能走出柳家好男儿要出仕为官的思想。总有个心结，自己考取功名这件事情没弄明白，这跟列祖列宗没法交代呀！所以，打完嘴炮，该考咱还得考！但是，"忍把浮名，换了浅斟低唱"这话太有杀伤力了，从宋真宗到宋仁

宗，老赵家这父一辈、子一辈在这事上是过不去了。本来是换了天子换了天哪，但他家传统就是都记仇！记仇！接下来的二十五年，三变同学屡考不中，只要"柳三变"这仨字一出现，甭管文章写得怎么样，直接pass。真是人要倒霉，喝凉水都塞牙！他的仕途彻底给封死了！

　　三变同学郁闷透了，他活得很拧巴。其实有些事它就是个屁！你把它放了就得了，你憋着它会五毒攻心。放过它，你就放过了自己！但三变这辈子一直憋着一股气，一辈子也没有跟自己和解。他一方面贪恋红尘，一方面又死磕功名；一方面放荡不羁，一方面又努力进取。他是那么另类，跟这个世界格格不入，但又不得不融入这个世界。他从二十五岁的小鲜肉，一直考到五十岁的老腊肉。三变同学一直被内心中到底要

"浅斟低唱"还是要"奉儒守官"两股力量撕扯，没找到他的心安之所，最终四六不靠。最后，祖先的力量还是战胜了三变傲娇的小天性，他终于向现实妥协了。看来"三变"这个名字百分百进了黑名单，说啥也不能再用了，换个名试试吧。他给自己改成了"柳永"，这才勉强考了个芝麻小官。虽克勤克俭，但却没有什么轰轰烈烈的政绩。真是有心栽花花不开，无心插柳柳成荫。不按套路出牌的柳永本想用功名书写人生，没想到书写人生却成就了他的功名。但后世还是尊重他最后的选择，用"柳永"这个名讳来记录他的诗词人生。

每个人来到世上都有自己的使命，柳永的使命就不在齐家治国平天下上。像柳永这样桀骜不驯的人，灵魂注定会流浪在政治的边缘。也许他收敛一下自己的性情，前程会不可限量。不过话又说回来，历史上四平八稳的政客如云，真正被后人记住的又有几个？而柳公子一直活在百姓口中，被传唱千年，成为一代词宗。

12

大宋娱乐圈教父级人物是他

柳永

大宋娱乐圈教父级人物是他

柳永《雨霖铃·寒蝉凄切》

雨霖铃·寒蝉凄切

寒蝉凄切,对长亭晚,骤雨初歇。都门帐饮无绪,留恋处,兰舟催发。执手相看泪眼,竟无语凝噎。念去去,千里烟波,暮霭沉沉楚天阔。

多情自古伤离别,更那堪冷落清秋节,今宵酒醒何处?杨柳岸晓风残月。此去经年,应是良辰好景虚设。便纵有千种风情,更与何人说。

公元 1053 年的冬天,宋代词人柳永去世了,结束了他光芒万丈却穷困潦倒的一生,一代词宗的传奇人生就此谢幕。出殡那天,全城缟素。全国歌伎小长假,自发赶来奔丧。歌伎们边哭边唱着柳公子的歌,可谓历史上最香艳的葬礼了。不了解内情的人以为是哪个豪门大户死了有权有势的老爷,葬礼规格盛况空前。这大阵仗,别说在宋朝,就是在现代,那也是分分钟上头条,真乃千古奇观!

殊不知这场盛大的葬礼,是由青楼女子们筹款举办的。柳永作为大宋朝最有影响力的词人、娱乐圈大佬,混到去世时却身无分文。可见他平时也是个仗义疏财之人。歌伎们点滴之恩,涌泉相报。她们能过上好日子,都感念柳永当年的提携之恩。歌伎谢玉英以妻子身份主持葬礼,

笑侃诗词

青楼当家花旦陈师师以红颜知己身份主持募款,歌伎们为了能以最高礼节安葬她们心中的白衣卿相,有钱出钱,有力出力,青楼史上第一次看到如此大团结的和谐局面。都说戏子无情,但就是这些最被人看不上眼的"无情无义"之人,却做了天下最有情有义之事。

柳永六十多年的人生,说长不长,说短不短。他一直活在冰火两重天的拧巴世界。作为宋词婉约派不容置疑的 C 位霸主,他让街头巷尾的普通百姓,爱他爱到疯狂。"凡有井水处,皆能歌柳词",简直就是无人不知,无人不晓。不仅中老年妈妈粉们中意,年轻貌美的大姑娘小媳妇更为他疯狂。他是大宋朝流行音乐的教父。当时市面上的流行歌曲,至少70%是他的作品，而且老百姓能随口哼唱的，全是柳永的作品！从他那里开始，青楼才能称得上是一种文化，歌伎们传唱出的歌调少了很多轻浮的风尘气，更加婉约、隽永。柳永凭一己之力，使大宋朝低俗的青楼文化向高雅的流行文化迈进。但即便这样，柳永依然不受主流社会待见。这不仅仅是因为柳公子之前公开叫板大宋科考制度，让皇上很没面子。还有就是他现在火到这种程度，弄得妇孺皆爱他，这跟之前官方设想的不太一致。这样的人必须不能让他太得意呀，要给他点颜色看看才行！所以人不能太出名，人怕出名猪怕壮，因为你一出名，不一定踩谁神经元上了。那些士大夫们半夜三更点灯熬油儿地学习柳永的词，

一边看一边拍大腿叫好！偷偷模仿人家柳永的调调填词，但早上一起来就说人家是"三俗"。所以你明白了吧："为什么狐狸吃不到的葡萄永远都是酸的。"古往今来，人的眼睛不能直视两样东西，一是阳光，二是人性。

在主流人士的眼中，柳永这个不仅不上道儿、还跟主流文化背道而驰的浪子，纯属于自甘堕落、不可救药的典型。最终被权威机构认定为"最没正事儿的、非主流闲散小黄调诗词创作人员"。

但柳公子是谁呀？"听你们蜥蜥蛄叫，我还不种地了？！""一人一个活法，我知道你们的世界无我容身之地，只是，你们凭什么审判我的灵魂？我就喜欢你们看不惯又干不掉我的样子！"柳永开始在放飞自我的道路上一路狂奔。人家傲娇有人家的道理，柳公子词写得好，那不是吹的。别管当官的怎么说他低俗，老百姓就好他这口儿！他的调调，千百年来，一直被模仿，却从未被超越。他是真正的无冕之王。《宋词》中收录作品数量最多的就是柳永，而且量、质齐高。可见他的创作水平，足以封神。

但是，这么大咖位的词人在《宋史》里竟然只字未提！可见宋朝那帮小肚鸡肠的士大夫们暗戳戳的劲儿，他们不想一想，大宋朝就是因为有了柳永才体现出文化的包容性。如果没有柳永，宋词的婉约派多么势单力薄，大宋朝的词文化也会黯然失色！对柳永视而不见，正反映出他们的无趣与胆怯。柳永的词柔化了每个人的内心世界。那些"人五人六"的士大夫们对他这样不拘一格、才华横溢之人的尊重与怜惜，还真不如一帮歌伎。

笑侃诗词

柳永的葬礼万人空巷，满城歌伎大放悲声，却不见一个文人骚客与王侯权贵。都说文人相轻，同行是冤家。那些文人骚客们不来也就罢了，那些王侯权贵们家家养了那么多歌伎唱的都是柳永的歌，你们作为向"经典致敬"也应该到此一游一下吧。结果一个都没来！"可笑纷纷缙绅辈，怜才不及众红裙。"

每到他的忌日，众歌伎都来柳坟祭扫。宋朝的市集上会出现纸钱香烛断市、车马阻塞交通、歌伎泪歌满城的壮观景象。柳永的忌日成了歌伎们一个约定俗成的行业性祭日，名曰"吊柳七"，一直持续到南宋末期。柳公子一辈子不被主流文化所接纳，却被歌伎们奉为神一样的存在。

回顾柳永的一生,他与歌伎们真心相爱,也彼此成就。这世界再悲凉,还好有人懂你。当顶流歌伎遇上绝世文青,会发生什么化学反应?都是成年人,此处省略一万个字……

这首《雨霖铃·寒蝉凄切》是他与深爱的歌伎虫娘分别时的一首词。虫娘送他到渡口边,饮过一杯离别酒,就此别过。谁都不知这一别是否是永别。相濡以沫不如相忘于江湖。"执手相看泪眼,竟无语凝噎。"深爱过的人都懂得,此处无声胜有声。柳永的词能够流行,就是因为他能把人心拿捏得死死的,让你的情绪自然就会跟上他的节奏。这首词也成为柳永众多词中的代表作。

雨霖铃·寒蝉凄切

寒蝉凄切,对长亭晚,骤雨初歇。都门帐饮无绪,留恋处,兰舟催发。执手相看泪眼,竟无语凝噎。念去去,千里烟波,暮霭沉沉楚天阔。

多情自古伤离别,更那堪冷落清秋节,今宵酒醒何处?杨柳岸晓风残月。此去经年,应是良辰好景虚设。便纵有千种风情,更与何人说。

相爱的人分别是肝肠寸断的,你走以后我的万种风情也没处跟人说去了。"杨柳岸晓风残月。此去经年,应是良辰好景虚设。便纵有千种风情,更与何人说。"细腻、婉约、深情款款、哀怨忧伤,这种含蓄中带着热烈的中国风,把你的心整得跟猫抓似的。这首词,千百年来不知道赚了多少人的眼泪走。

看柳公子的词,你处处能感受得到这个人的真性情。在薄情的世界中,他那么深情地活着。每到一处,都会在当地青楼界引起轰动。这样的性格让他顺理成章成为风月场上的"妇女之友"。他没有半点逢场做戏,他也不需要戴着面具生活。他就是他,不一样的烟火!所有人都歧视歌伎,唯有他柳公子,与歌伎们以诚相待、掏心掏肺。对于这些身份低下的歌伎来说,谁真正尊重、怜惜过她们?只有柳公子!他把所有的深情都给了那些青楼女子,教她们识字,为她们填词。经他写词点拨的歌伎,身价会立即暴涨,他成就了歌伎们的星光大道。在歌伎们的眼中,柳公子是温柔善良的真君子。

所以柳公子的事情，歌伎们心甘情愿地跑前跑后。当时青楼歌伎中流传着"四愿四不愿"："不愿穿绫罗，愿依柳七哥；不愿君王召，愿得柳七叫；不愿千黄金，愿中柳七心；不愿神仙见，愿识柳七面。"歌伎们为了柳公子做什么都无怨无悔。青楼是一个充满诱惑的地方，三教九流的人都会来。但甭管你来多大的官，花多大的价钱，只要柳公子在，歌伎们会异口同声："恕不接待！"这也够遭人嫉妒遭人恨的。她们身处社会最下层，最知人间冷暖，谁对她们真心，谁对她们假意，心里门儿清。她们用赤诚来回敬柳公子的深情。

柳公子就扎根在社会的最底层，你们看，他的词越写越小，只关注小人物的喜怒哀乐，描写他们的期盼、他们的落寞、他们的爱恨情仇。

　　他觉得身份越是卑微的人，为情为义越会付出真心。他们的境遇，他感同身受，所以他才能写出真正打动人心的诗词。歌伎们在他面前不用伪装，真实地坦露自己。这更激发了柳永的创作热情和创作灵感，歌伎们肥沃了柳公子的创作土壤，帮助他形成了自己的创作风格，奠定了他在文化圈与娱乐圈教父级的地位。

　　这世间的爱本身就是救赎与被救赎。青楼浮华地，于别人是毁灭；于柳公子却是涅槃。苦难成就了柳永的绝代风华，使他成为了一代词宗。他让我们看到人性的善良，看到世界的美好。大宋为我们奉上了柳永，我们不知该感谢那个时代，还是该惋惜柳永的命运。反正他有着巨大的魔力，特别对于那些墨守成规的人来说，离经叛道的柳公子活出了他们想活但不敢活的样子。他就是不肯按套路出牌，有人说，他把一手好牌打个稀烂，但那些赢了牌局的人，又有几个能被历史传唱千年？

13

千年心灵鸡汤、打不死的小强代表人物

辛弃疾

辛弃疾（1140年5月28日—1207年10月3日），字幼安，中年后别号稼轩，南宋官员、将领、文学家，豪放派词人，有"词中之龙"之称。与苏轼合称"苏辛"，与李清照并称"济南二安"。

辛弃疾生于金国，早年与党怀英齐名北方，号称"辛党"。青年时先后在江西、湖南、福建等地为守臣，创制飞虎军，以稳定湖湘地区。由于他与当政的主和派政见不合，故而屡遭劾奏，最终退隐山居。开禧北伐前后，宰臣韩侂胄接连起用辛弃疾知绍兴、镇江二府，并征他入朝任枢密都承旨等官，均遭辞免。开禧三年（1207年），辛弃疾抱憾病逝，享年六十八岁。宋恭帝时获赠少师，谥号"忠敏"。

辛弃疾的词艺术风格多样，以豪放为主，风格沉雄豪迈又不乏细腻柔媚之处。抒写力图恢复国家统一的爱国热情，倾诉壮志难酬的悲愤，对当时执政者的屈辱求和颇多谴责；也有不少吟咏祖国河山的作品。

笑侃诗词

千年心灵鸡汤、打不死的小强代表人物

辛弃疾《破阵子·为陈同甫赋壮词以寄之》

破阵子·为陈同甫赋壮词以寄之

醉里挑灯看剑，梦回吹角连营。八百里分麾下炙，五十弦翻塞外声，沙场秋点兵。

马作的卢飞快，弓如霹雳弦惊。了却君王天下事，赢得生前身后名。可怜白发生！

　　投胎也是门技术活儿啊！辛弃疾就出生在那个既践踏英雄又呼唤英雄的时代，过着拧巴的人生。不早不晚，岳飞走了，他来了。如果当年岳飞没蒙冤而死，这爷俩一定会成为忘年之交！因为这俩人在别人看来，都是死心眼的"二货"。明眼人谁看不出来啊，南宋朝廷那帮当权的，都有自己的小算盘，他们根本不把江山社稷放心上，就是要把国家往沟里带，然后自己从中捞好处。但"二货"的脑回路跟一般人是不一样的。他们永远是把"国家"摆在比自己重要的位置上。

　　辛弃疾父亲早亡，是爷爷抚养他长大的。我们想，一个空巢老人带这么个独苗孙子，还不得宠成活祖宗，那娃长大也得是个娇生惯养的窝里横！但我们还真是想多了，辛爷可不是一般的爷！自从金人把山东给占了，这倔人儿郁闷坏了。他的家成了"殖民地"，他无缘无故就沦落成了二等公民，还给金人抓去当差，他简直太窝火了。但自己也知道不能鸡蛋碰石头，于是就开始身在曹营心在汉，卧薪尝胆。

我这辈子打不过你，让我孙子打你！辛家祖上英勇善战、保家卫国，是立过军功的，所以这爷血管里流的血液是带遗传密码的。辛爷给孙子取名辛弃疾，他希望孙子像西汉爱国名将霍去病一样，骁勇善战，收复家园。没事儿的时候，辛爷就带孙子去爬山。他指着远方："孙砸，咱脚底下的土地和咱爷俩，都属于南边大宋的，但现在都给大金占了，咱不能就这么认怂！"所以小辛同学打小就立下志向，这辈子就跟大金死磕到底了。更有仙人来指路："我看你骨骼惊奇，必是练武奇才，今后维护地球和平就靠你了。我这有本秘籍,见与你有缘,就十块卖给你了!"小辛同学果真天赋异禀,成了文武全能。

转眼小辛同学长成了二十一岁的壮小伙。刚好济南人耿京聚集十万人起义抗金了。小辛同学盼这一天盼得望眼欲穿。二十一岁的他,那是出了名的古惑仔,这事还能落下他?早就想这么干了!于是他也随之揭竿而起,组织了一支两千人的起义队伍,投奔耿京一起抗金。耿京在这个初生牛犊不怕虎的毛头小伙子身上看到了自己年轻时的样子,特别喜爱他,手把手教他军事兵法,领军要领,倾心培养,耿京对他有知遇之恩。但没想到,军中出现了一个叛贼,半夜杀了耿京,然后投敌领功去了。

笑侃诗词

一

小辛同学眼睛都气红了，反了你了！他二话不说，带上五十人马，杀入有五万大军的敌营，直接抢人。把叛贼抢回来，斩首示众，以正视听。"开玩笑，国家是你说背叛就背叛的？你这号人如果不杀，天理难容！"这下小辛同学火了！"于万军之中取上将首级，如探囊取物"。南宋啥时候有过这么扬眉吐气的时候啊！小辛同学一战封神！50∶50000哪，那是只会纸上谈兵的秀才敢干的吗？那是只有蛮力的莽夫能干成的吗？人家是文武全能选手，有勇有谋！是少见的军事奇才，是能堪大任的大将军材料！像这样"上马能杀敌，下马能安邦"的人，千年也就出那么一个半个！大宋皇上高兴坏了，"你不是那老谁家小谁吗？真是自古英雄出少年。快来快来！祖国欢迎尔！"

千年心灵鸡汤、打不死的小强代表人物

回到中原，鲜衣怒马的辛哥立下初心，要重拾旧山河。但时间一久，专治各种不服的小辛同学发现南宋朝廷就是个软胚子，在抗金这件事情上总是各种支支吾吾。其实大伙都心明镜似的：大宋朝廷这么多年积贫积弱，拿啥跟人家摩擦摩擦呀？头些年的靖康之变，俩皇上再加一堆三宫六院一块都让人给弄去了，友军早就从邻居大金变成隔壁老王了，这奇耻大辱南宋不也就忍气吞声了吗？如果花钱能换来不挨揍，大家都开心，皆大欢喜。所以他们把小辛同学收编回来之后，朝廷又开始打口水战了。主战派说"天助我大宋也！我们得一能文能武、骁勇善战的帅才，看来收复中原指日可待！"主和派马上反对，"天天总打打打的，能不能让老百姓过两天安生日子？咱现在就这战斗力，光靠一个辛弃疾，能打得过大金吗？再有他一个敌后区起义来的人，充其量算个'归正人'，到底是不是个卧底，有没有策反之心，谁知道？决不能让他手握兵权！"

先安个文官考查考查吧。"

之后的四十年,小辛渐渐变老辛。但他依然隔三差五就上书,劝皇上发兵去灭金收复中原。但你知道不?这是顶皇上的肺啊!当朝相当不满意了。多好的日子啊你不好好过,老扯那些没用的闲篇儿,看把你能滴!你不是精力旺盛、有劲儿没地方使吗?别看朝廷打仗不行,但折腾你这样的愣头青有的是办法。于是,辛同学由一名立下赫赫战功的虎胆将军变成了南宋的一块砖,朝廷想往哪搬往哪搬。

在他为官的四十年中,有二十年是被撸了官赋闲的。剩下的二十年间三十七次,被当救火队员各种调来调去。救完火还被上房抽梯子,吃饱了骂厨子。反正就是各种不受待见、不被信任。原因一,他是打敌占区来的,一出生就违章了,爷爷还给大金当过差,通敌嫌疑太大。原因

二，老辛同志是个直肠子，而且眼睛还容不下沙子，看到那些耍心眼儿给皇上灌迷魂汤，然后想捞好处的，他往死里 diss 人家。结果树敌无数，所以不被整那不合常理。但老辛就是只打不死的小强！"朝廷虐我千百遍，我待朝廷如初恋。"朝廷这样没底线地折腾他，他依然矢志不渝，痴心不改，一次次彰显出了一个成熟男人的自我情绪管理能力。

　　看来朝廷是真指望不上了，他就自己筹资金创办了一支两千五百人的"飞虎军"，以备战时之用。威风凛凛，咔咔骁勇。既然朝廷看不上，咱就雄镇江南，保一方百姓平安。别管朝廷怎么不待见他，他这人不记仇儿，还一根筋，就死皮赖脸给皇上写信！上书的奏折堆得跟小山似的，核心思想就是，皇上您听我一句劝，现在多好的时机呀，大金虽然老来耍流氓，但还没有强大到我们无法抵抗。现在不赶快发展军事，有你们哭那一天！皇上也拿这个辛大爷没办法了，心想："朕这待得挺快乐的，

笑侃诗词

总有刁民想要害朕！"最后对外宣称：谁再老提抗金，就给他贬回家待着去！于是战神顺理成章被高高挂起，辛大爷成了一名老年宅男，转眼英雄迟暮。

英雄无用武之地，喝酒吧！人狠话不多的辛哥，现在也只能喝酒撸串写诗歌了。就这么，把一个带兵打仗的大将军，活脱脱地逼成了宋词名家。但要不咋说人家是个人才呢，干啥像啥。打仗他能让敌军闻风丧胆；当官他能让百姓夜不闭户；写词他能跟国民男神苏东坡并驾齐驱，合称"苏辛"，成为宋代豪放派词人的杰出代表。

从豪情天纵到泣血绝望，宝宝心里苦哇！听说闹心时，写诗与喝酒很相配哦。报国无门，老辛一边喝着宅男快乐水，一边回想着自己当年，"金戈铁马，气吞万里如虎"的激情燃烧岁月，写下这首中学语文必考之《破阵子·为陈同甫赋壮词以寄之》。从小学到高中的语文课本，少了谁都不能少了你辛大爷，他的作品贯穿了大学前这十二年的教育栽培。

破阵子·为陈同甫赋壮词以寄之

醉里挑灯看剑，梦回吹角连营。八百里分麾下炙，五十弦翻塞外声，沙场秋点兵。

马作的卢飞快，弓如霹雳弦惊。了却君王天下事，赢得生前身后名。可怜白发生！

听出无奈了吧！从鲜衣怒马的少年，一直喊到满头银发的暮年，辛弃疾依然壮志未酬。公元1207年，金军已经势不可挡，潮水般涌向大宋，大兵压境。皇上这个时候急了，想起辛大爷了，"赶快召我的爱卿辛弃疾，该是他展示才艺的时候啦！"但辛大爷已经六十七岁，多年来被朝廷当二愣子耍，肝结气郁，重病在床，别说上马杀敌，连抬眼皮的力气都没了。临终时他使出浑身最后一口气喊出："杀贼！杀贼！"虽声音微弱，但却振聋发聩！

　　至此,辛哥成了千年心理鸡汤导师、打不死的小强代表。辛弃疾一生都在死磕要"补天裂",但苦于无处请缨。后来人们给他安排了另外一个称号,叫"词中之龙"。如果你真了解他,你就知道,他哪稀罕那玩意儿。如果你能穿越回去与他痛饮,你一定要对他说:"将军久仰,我先干为敬!"

14

他是怎么把一个国家干黄的

李煜

李煜（937年8月15日—978年8月13日），原名从嘉，字重光，号钟山隐士、钟锋隐者、白莲居士、莲峰居士，唐元宗李璟第六子，南唐末代君主。

建隆二年（961年），李煜继位，尊宋为正统，岁贡以保平安。开宝四年（971年）十月，宋太祖灭南汉，李煜去除唐号，改称"江南国主"。开宝八年（975年），李煜兵败降宋，被俘至东京，授右千牛卫上将军，封违命侯。太平兴国三年（978年）七月七日，李煜死于东京开封，追赠太师，追封吴王。世称南唐后主、李后主。

李煜精书法、工绘画、通音律，诗文均有一定造诣，尤以词的成就最高。李煜的词，继承了晚唐以来温庭筠、韦庄等花间派词人的传统，语言明快、形象生动、用情真挚，风格鲜明，其亡国后词作更是题材广阔，含意深沉，在晚唐五代词中别树一帜，对后世词坛影响深远。

他是怎么把一个国家干黄的

李煜《破阵子·四十年来家国》解析

破阵子·四十年来家国

四十年来家国，三千里地山河。

凤阁龙楼连霄汉，玉树琼枝作烟萝，几曾识干戈？

一旦归为臣虏，沈腰潘鬓消磨。

最是仓皇辞庙日，教坊犹奏别离歌，垂泪对宫娥。

盛极一时的大唐灭了之后，没有马上进入大宋，而是进入到了短暂的五代十国时期，天下各路豪杰都想说了算，群雄逐鹿，打成了一锅粥。南唐就是那个时候诞生的。开国皇帝李昪，有勇有谋，雄霸江南，当时，南唐是十个分列诸国中版图最大、最富庶发达的国家。到儿子李璟这辈儿，就不能称帝了，人称李中主，跟他爹完全不同。李璟是个脑子容易发热的文青，被人一撺掇就上头，总想在自己手上实现统一霸业，却没想到，连年战争，也没占着啥便宜。再加上自己奢侈无度，没几年就把他爹留下的家底儿造差不多了。因为怕边上的后周再揍他，主动割让出去大片土地，并向后周称臣，丢尽了他爹的脸。南唐到李璟这里，虽才是第二代，就已经苟延残喘了。

笑侃诗词

  南唐一共就沿袭了三代,一帝二主。第三代,到了南唐后主李煜,那戏可多了。兄弟里李煜行六,人称六哥儿。虽然南唐大厦将倾,但皇叔再加上前面五个哥为了能上位,人脑袋都快打成狗脑袋了。六哥儿很有自知之明,"生于深宫,长于妇人之手"的他是从小在女人堆里吃胭脂就墨水被宠大的。既没心机也没胆识,天生就不是个治国安邦的料,更没远大的政治抱负。没有金刚钻,咱坚决不揽那瓷器活儿。所以他不争不抢,无欲无求,只愿做个安静吟诗作画的美男子。

  谁知二、三、四、五哥可能也是对现状很不满意,一点小病就争着抢着重新投胎去了。对于一心要继承皇位的大哥来说,虽少了些威胁,但皇叔和六弟才是劲敌。尤其这六弟,看着人憨憨厚厚的,整天就喜写写画画好像对继位这事不感冒,但他长得有点违章。天生异相,骈齿、重瞳。骈齿,就是前面两颗门牙合并同类项,变成一颗大大的槽牙。还有重瞳,就是一只眼睛里长了两颗瞳仁。中国古代有个迷信说法,认为骈齿、重瞳是旷世稀有的贵人之相。史上只有周武王有骈齿,舜和西楚霸王项羽有重瞳。现在六弟把这两项给长全了。你说这让人担心不。老大决定先把皇叔干掉,回头再收拾这个软弱的小六子!皇叔的死很快排上日程,并如约一命呜呼。老六知道,自己也凶多吉少,于是更加痴心艺术创作了。他要以实际行动让大哥放一百个心,自己对那个倒霉催的皇位根本不感兴趣。但,人算不如天算,历史选择了李小六必须当皇上,李老大必须死。刚刚把皇叔毒死不到一个月,李老大就因用力过猛,被

皇叔招天上兴师问罪去了。更离奇的是皇上的岗位这么难得,六哥儿的爹,南唐中主李璟,说撂挑子就撂挑子。好好的说一命呜呼,招呼都不打一个,转身就赶着上天跟亲人们团聚去了。李煜百口难辩哪,这些事儿真不是我干哒!他们几个咋死的我真不知道哇!我真不想干南唐皇上这苦差事啊!天将降大任于斯人,从来不跟人商量商量。在完全没思想准备的情况下,南唐这个内忧外患的烂摊子,哐当!就落六哥儿李煜身上了。这事你干也得干,不干也得干!历史把二十四岁、人畜无害的六哥儿生生推到皇位上。不是你的求也求不来,是你的躲也躲不过。足不出户,锅从天降!爹甩过来的锅,再难受也得背呀!

盖世枭雄确实是有,可惜不是李煜。他没有力挽狂澜、扛起破碎山河的本事。一夜之间你让他突然长天那么大能耐,他也做不到。逆袭成为南唐的新主人,不知是福是祸。只能说,时也,命也。

佛系暖男自从做了一国之主,脑子就是一团糨糊。他沿袭了之前的三大爱好,信佛、写词、泡宫娥。李煜信佛的程度跟梁武帝有一拼。那已经不是信佛了,史书给出一个词叫"佞佛"。他投入重金在全国广修寺院,寺院建成没僧人不行,他又高薪招募僧人,寺院开销全部由国家支付。一时间,出家做僧人成了最肥的职业。李煜自己也花大量时间精力去拜佛、诵经、抄经,比出家人还勤奋。但朝政却荒了,典型的在其位不谋其事。有大事小情,都通过烧香拜佛来解决。当时重刑犯需要斩

首的，他就在佛前点一盏油灯，如果第二天油灯还亮着，那就说明佛的旨意是这个人不能杀。这人第二天就会被赦免。所以很多死刑犯家属就花银两买通李煜身边的人，半夜给油灯添油。当时，南唐治国决策基本依赖于李煜的烧香拜佛、抓阄撞大运。国家病入膏肓，他也无力回天，唯独寄希望于佛菩萨能开开眼、帮帮忙啥的。

  我们实在是搞不清很傻很天真的李煜他到底是咋样个人。他一方面笃信佛教，虔诚到痴迷；一方面又不遵守佛教戒律，不仅想一出是一出，还荒淫无度、毫无节制。国家有今天没明天，他能不知道吗？他是既害怕又闹心，又没回天之力，只能拖一天算一天。在恐惧与担忧中，李煜学坏了。开始用纸醉金迷来麻醉自己，大周后与小周后这两姐妹已经让他魂不守舍，后宫的佳丽三千，更让他暂时忘却烦心事。他流连于花丛，变着法地寻开心。女人裹小脚，就是从那个时候开始流行起来的。因为那样走路、跳舞，摇曳多姿，可以博皇上眼球。这种变态的审美折射出了当时畸形的社会现状。

  花式作死，必然很快迎来人生至暗时刻。从天堂到地狱要多久？转瞬间！鱼米之乡，烟雨江南，三千里山河，四十年南唐，转瞬换频道。边上大宋的开国皇帝赵匡胤，那是老天爷派来收拾残局的，贼能打。所以当文艺青年李煜遇上王炸猛男赵匡胤，不是装怂认好大哥就能解决的。他跟好大哥说，"以后我们两家的来往公文，您可千万别称我为南唐皇帝了，您直接叫我名字李煜。我就是您的小迷弟，我愿意对您称臣，每年递增向大宋朝贡。"要不怎么说李煜他很傻

很天真呢！你想好大哥收点保护费就会让你还在这块土地上继续享福；而好大哥是想让你把家产、土地留下，然后你滚蛋。那怎么弄？这不属于人民内部矛盾啊，这是不可调和的敌我矛盾，是关于你死我活的矛盾。

南唐气数将尽，好大哥赵匡胤率领的北宋大军兵临城下。李煜先是跑到祖庙去向列祖列宗嘀咕了一番，又对着宫娥们大哭了一场。你就看他选择这两帮人，没一个是能成事儿的。李煜窝囊是窝囊了点，但讲实话，这人心眼儿好，他跟那些只管自己享乐，不管百姓死活的昏君还是有本质区别的。为了减少战争带来的生灵涂炭，后主主动脱光衣

一

服，反绑着手，归降大宋。他这首《破阵子·四十年来家国》就是写这件事的：

破阵子·四十年来家国

四十年来家国，三千里地山河。凤阁龙楼连霄汉，玉树琼枝作烟萝，几曾识干戈？

一旦归为臣虏，沈腰潘鬓消磨。最是仓皇辞庙日，教坊犹奏别离歌，垂泪对宫娥。

这首词上半阕写尽了繁华奢靡。四十年来的家国基业，三千里地的辽阔疆土，享受富贵荣华都来不及，哪有空想到会打仗呢？下半阕写尽了亡国之痛。一代天子沦为臣虏，要离别故国时慌里慌张地去辞别宗祠，国家乐团还真会应景，奏起了伤感告别的背景音乐，他还不忘自己跑到宫娥那边哭着跟她们道别。

人在最危急的时刻往往会展示出他最真实的一面。此刻，我们看不到国君李煜在亡国前的哀鸣，而是词人李煜率真、多情的告别。

李煜曾无数次设想，如果城破了，为了维护国家尊严，我宁可自己了断，也决不受辱于人前。但当他决定捆着自己赤裸的身体出城投降时，他又在想，或许佛菩萨会保他平安无事，一切皆有可能。自己不作为，老想让佛菩萨来帮忙，这佛菩萨如果有灵，都得哭晕，遇上这么个主，真是太难了！

此刻的李煜，肠子都悔青了。回顾当皇上这十几年，真没干啥可圈可点的事，只是让爹留下的破碎山河更加破碎。他恨自己怎么那么糊涂呢？天天不理朝政，醉心佛事，沉迷声色，结果国备空虚，战备松懈。

一

天天就想通过求神拜佛来翻盘，谁知没等来佛菩萨，却把赵匡胤给等来了。

但是就他这么个不着调的皇帝，还有赤胆忠心的爱将林仁肇愿以命相搏，来救他于水火。结果他自己耳根子软、脑子进水，中了大宋的离间计。一辈子连只蚂蚁都不伤害的李煜却把爱将林仁肇给杀了！上天要人灭亡，必让其先疯狂啊！这真是要灭亡的节奏，都怪这几年自己脑子搭错了弦。看隔壁大宋的好大哥赵匡胤，人家多有正事儿啊，把周边各国一个个都收编了，最后轮到南唐。试想，此时的南唐还有啥抗争的必要吗？那是以卵击石啊。现在不是要不要降的问题，而是怎么降的问题。主动投降，交出国家主权，不仅可保一方百姓平安，自己也可以被封侯，

获得不低的待遇。如果抵抗下去，不用一个时辰，赵匡胤就能破城而入。那时不仅损失惨重，自己说不定脑袋还得搬家。唉，事已至此，真是悔之晚矣！如果上天能够给他再来一次的机会，他也许会大声说："我要做个好皇帝！"但历史没有假设，也不相信如果，南唐毁在李煜手上了。

读史可以明智，读诗可以怡情。人生有些成长，代价真是惨烈。当你明白了所有道理，老天却不给你机会了。当初有多疯狂，如今就有多凄惨。至此，李煜的戏剧人生下半场——臣虏囚禁正式开启。

浮华断送了南唐天子，悲苦造就了中华词帝。

15

作个才人真绝代
可怜薄命为君王

李 煜

作个才人真绝代
可怜薄命为君王

李煜《虞美人·春花秋月何时了》解析

虞美人·春花秋月何时了

春花秋月何时了？往事知多少。

小楼昨夜又东风，故国不堪回首月明中。

雕栏玉砌应犹在，只是朱颜改。

问君能有几多愁？恰似一江春水向东流。

想当年，李煜是名副其实的高富帅。老爹是南唐皇上，他是含着金汤匙的皇子，再加上天生的文艺基因，琴棋书画、诗词曲赋，没一样他不精通的。这位南唐嗷嗷靓的仔，本来属于文艺一哥，可历史偏偏选择让他当皇帝。结果，他一顿神操作，把自己的国家给干黄了。所以说，人一定要做自己喜欢并擅长的事儿，要不，不仅自己拧巴，关键是害人害己。

上一篇说到，自从李煜当上这个皇上，佛系暖男的人设越坐越实。他为啥这么没心没肺？其实他有一个难言之隐。自从他被推到南唐老大这个位置那天起，就一直在北宋开国皇帝赵匡胤的威慑下过着胆战心惊的日子。这隔壁好大哥的大靴子已经把周围国家都踏遍了，而且对外早

就放出风去了:"卧榻之侧岂容他人酣睡"。意思是我怎么可能允许其他人来侵犯我大宋的利益?好大哥所到之处一向是寸草不生,口号就是"你的是我的,我的还是我的!必须我的地盘我做主!"至于好大哥另外一只靴子啥时候落南唐来,估计也不会用太久。所以李煜给自己开了两剂麻醉药,一是烧香拜佛,跟佛菩萨搞好关系,咱如果天上有关系,到时候说不定能有天兵天将出现。第二就是风花雪月。醉倒温柔乡最大的好处就是可以让他暂时忘了担惊受怕。

然而,事情的发展总是不遂人愿。当他正跟宠溺的小周后写诗作画、歌舞升平的时候,北宋兵临城下了。当时只听说不擅水战的北宋把几百艘战船全部连起来铺上甲板来打南唐。南唐朝野上下还在讥笑北宋这群旱鸭子是来找死的,自古水战没听过把几百条船串起来的,他们都

在岸上等着看笑话呢。怎么这群人这会儿工夫就来敲门了呢？当有人报北宋已经在家门口了，此刻李煜反倒没有一丝惊慌，他重重地出了一口气，好大哥另外那只靴子总算落下来了！需要做最后的告别了，李煜把宫里能分的值钱东西都给大臣、宫女分了下去，见者有份。你们别白跟我干一场，多少是个心意。大家哭成了一团。之后，李煜率众人"肉袒出降"。

该有的仪式感要做足。第二天一早，宋太祖赵匡胤登上了城门楼，举行了盛大的南唐归降仪式。李煜率朝野群臣身着素服，在城楼下听候宣判。宋太祖赵匡胤还算是个仁义之君，他感念这么多年李煜这小老弟把姿态放得很低，没少给他进贡。毕竟是文学青年，也没那么大胆，一吓唬就主动归降了，没费他一兵一卒。基于此，他要做给天下人看看，我赵匡胤是何等宽宏大量，优待俘虏的。他给李煜封了个"违命侯"，还早早就为他准备了仅次于帝宫的豪宅。作为一个亡国的破落户，该给的待遇已经到顶了。但明白人都知道，实际上就是给点好吃好喝，然后关起来了。而且还不是关在你现在住的地方，须即日启程去往北宋领封。李煜含着泪水和妻儿老小匆匆被押往汴京，开始了他忍辱含垢的臣虏生活。

　　李煜虽然治国安邦的能力很菜，但艺术造诣绝对是可圈可点的。尤其最后的三年臣虏囚禁，竟造就出了一代诗词大帝。从极度奢靡的宫廷生活到背井离乡的囚禁生涯，李煜的词风发生了翻天覆地的变化。

当皇上的时候，没觉得江山社稷有啥好。亡国了之后才明白过味儿来，一个人没有了自己的主场，寄人篱下，既没自由也没尊严。从皇帝到囚徒，从天堂到地狱，李煜完整地体会了人间所有滋味。在亡国后被囚禁的岁月，他痛定思痛，写下了很多倾诉亡国之恨和家国之恋的作品，几乎篇篇被收录成历史名篇。皇帝虽然当得很失败，却不妨碍他成为千古词帝。看来苦难不能使人伟大，对苦难的反思与提炼，会让人变得伟大。

比如这首《相见欢》，也算是李煜痛定思痛时期的重要作品。

相见欢

无言独上西楼，月如钩。寂寞梧桐深院锁清秋。

剪不断，理还乱，是离愁，别是一般滋味在心头。

被关在他的专属小院里，不能出门半步，寂寥、悔恨加思念，心乱如麻，五味杂陈。但李煜还不知道，他这点罪遭得才哪到哪！后面还有更多的花样等着他。

宋太祖赵匡胤虽说灭了南唐，但也算厚道，给李煜的待遇是不薄的，当然跟当年李煜自己当皇上那会儿是没法比，但总体来说还是过得去的。虽说是囚禁，但他可以在自己的梧桐小院里喝喝酒，写写词，跟小周后一起慨叹慨叹人生。

  但突然有一天变天了，历史上著名的"烛影斧声"上演了。虽是人家老赵家的家事，但涉及到大宋朝接下来的国运和李煜接下来的人生，所以不能不提。宋太祖赵匡胤与弟弟赵光义深夜议事。烛光摇曳的屋子里赵光义进进出出，房间里面还传来喊里咔嚓的斧子声。第二天赵匡胤就驾崩了，赵光义随后就继位当皇上了。至于赵匡胤到底咋就突然死翘翘了，谁也不知道。大宋王朝的龙椅上换人了，连个阶下囚都能感受得到，换了天子换了天哪！李煜就感觉宋太宗赵光义上台以后自己的日子大不如前，总有人鬼头鬼脑地来监视他，对他的看管也越来越严了。比这更让他忍无可忍还得忍的事接二连三地发生了。

  宋太宗赵光义登基后的第一个元宵节，他命诸位大臣要率家眷入宫朝贺。李煜作为违命侯也在被邀之列，他带着小周后进了宫。他在想，这次被新皇上请去喝茶,是不是要对他们网开一面了?坐在下面他连头都不敢抬。其实赵光义对李煜的小周后垂涎已久,他想,你个亡国罪臣,哪配有这么美的天仙陪伴?新春团拜会一结束,赵光义告诉李煜,你先回去,皇后娘娘要找你老婆说会儿话。李煜知道凶多吉少,但也不敢问半句,自个儿耷拉着脑袋回他梧桐小院儿去了。

小周后没有等到皇后娘娘,却等来了高大肥壮的赵光义。他命令宫女们将小周后的衣裙全部剥去,把她的手脚捆住,小周后花容失色,惊恐绝望,拼死抗争。这非但没有引起宋太宗丝毫怜惜,反而令他更加亢奋。就这样,小周后以极其屈辱的方式,被宋太宗蹂躏了。大概过了七八天,小周后才被放回。她见到李煜之后大放悲声,李煜知道,自己被宋太宗这个王八蛋给绿了。而且从此以后,隔三差五,小周后就被赵光义的轿

撵接走。更变态的是，他强暴小周后时，竟然还安排了好几名画师来现场写生。于是，中国历史上著名的春宫图《熙陵幸小周后图》就这样诞生了。

　　文青牙齿都咬碎了，眼睛滴出血来！但他有啥办法吗？一个文弱书生除了拿自己脑袋咣咣撞大墙之外，还能上天吗？他恨自己的昏庸，国家混没了，老婆还要受此凌辱。作为男人，可真窝囊到家了。活着有啥意思？他想死了算了。但作为一名被严加看管的阶下囚，是你想活就活，想死就死的吗？如果连死都是一种奢望，那活下去得需要啥样的勇气！有种非人的生活，叫生不如死。

　　赵光义是个狠人儿，可不像他哥赵匡胤那么心慈手软。李煜就像他眼睛里的沙子，咋看咋闹心。于是他派手下徐铉去看看这个呆瓜，看还有啥留的必要没有。徐铉是当年南唐大臣，后来归降大宋后，摇身一变，成为赵光义身边的红人。李煜见了徐铉后抱头痛哭，一个劲地跺脚"我当年怎么那么糊涂啊，把那几个衷心耿耿的大臣都给咔嚓了，害自己落到这般田地"，接下来开始大骂赵光义不是人。徐铉尴尬地直搓手手，不知道该走还是该留。李煜明知徐铉在大宋混得风生水起，还跟人家倒这些陈谷子烂芝麻，你就说是不是上帝关门的时候把他脑袋又顺带给夹了一下？徐铉回去一五一十把这些告诉了宋太宗赵光义。"看来李煜也真是不上道，这种人没有再改造下去的必要了。"徐铉走后李煜更加悲伤，唰唰唰，写下了历史名篇《虞美人·春花秋月何时了》。

虞美人·春花秋月何时了

春花秋月何时了？往事知多少。小楼昨夜又东风，故国不堪回首月明中。

雕栏玉砌应犹在，只是朱颜改。问君能有几多愁？恰似一江春水向东流。

怀念故国思故人，这种哀思像滔滔的江水挡也挡不住。李煜一边高声朗诵一边号啕大哭。天下没有不透风的墙，很快赵光义就知道了。"你小子这是要谋反啊，给你机会你不中用啊，就那怂样还老想着复辟，做梦！我要让你知道知道，生活的毒打，没有最毒，只有更毒。赐他一杯牵机酒！"

笑侃诗词

一

　　皇上赐酒,哪怕是毒酒,那也是皇恩浩荡。李煜一饮而尽。他倒在小周后怀里说,我唱一首歌给你听吧:"春花秋月何时了?往事知多少。小楼昨夜又东风,故国不堪回首月明中……"毒酒药性发作,他的头不停地猛烈勾向地面,一直与他的脚勾在了一起。李煜痛苦地走了,留下这首他的绝命词《虞美人》世代相传。走那天正是他的生日,那天还是七夕。从此,赵光义与牵机酒也成了千古拆不散的迷之组合。

　　"作个才人真绝代,可怜薄命作君王。"李煜把主业做成了笑话,副业却做成了神话。他单凭一己之力,就把宋词的江山牢牢打下,人称"千古词帝"。就凭此,大宋朝也应该颁一个杰出贡献奖给他。不过后来很多喜欢八卦的人说,大宋朝的第八位皇帝宋徽宗,就是李煜转世来祸害大宋的。在他即将出世的时候,他爹看了李煜的手稿,不断地赞叹:

李后主高！实在是高！突然一声啼哭划破寂静，大宋朝第八任天子诞生。他跟当年的李煜极其相似，做皇上就是不理朝政，整天沉迷情色，就喜欢写写画画，艺术造诣登峰造极。最后北宋断送在了他手上。著名的靖康之耻说的就是他被金人掳去，客死他乡。不管这说法可信度有几成，但那句"天道好轮回，苍天饶过谁。"却是至理名言，千真万确。

粉丝留言精选 @ ☺

用户 72489885404 爱让你微笑
古诗古词人到你的嘴里！吐出了一顿顿丰富的古诗词大餐！美爆了！饱耳福！

柠檬初夏
这网络词汇怎么就穿插得这么好了，听老师讲诗词，就是一场饕餮盛宴，真的会让耳朵怀孕，赞老师。

多喝点热水
因为小学二年级的女儿喜欢语文，所以关注了老师。今天介绍女儿看老师的作品，女儿反复听着笑"这个老师讲得太好了"。

磨耳朵 ^O^
安老师不光有一副好看的皮囊，更有一个有趣的灵魂，还有让人耳朵怀孕的能耐，爱死你啦！

云儿6828
一个不小心,就被你吸引!!现代幽默语言与古诗词的唯美。爱情里爱国情怀,腹有诗书气自华!感谢传承……

一路相随
在我眼里你不仅是中国有史以来,而且包括外国,你都是讲解诗词的高手,无以言表,除了你,不会再有第二个让我喜欢的人了,怎耐才疏学浅,无法与你交流,如能与你共生,此乃一生无憾。

愚者刚哥
翻遍了古今词句,实在找不到哪一句适合夸奖你,你的文采超越了古今。